PROLOGUE

Il adorait espionner la fille aveugle. Sur le chemin du lycée, derrière la fenêtre de sa chambre, dans son jardin… il l'observait à longueur de journée. Et qu'elle n'eût aucun moyen de deviner sa présence augmentait encore son plaisir.

Elle était exactement son type. Jolie, grande, élancée, de belles lèvres ourlées, des yeux verts. Ses longs cheveux bruns contrastaient avec sa peau blanche et lisse.

Mais ce qu'elle ne savait pas encore, c'est que bientôt, elle lui appartiendrait.

Car cette fois, tout se passerait différemment. Cette fois, rien ne clocherait.

Alors, il aurait enfin ce qu'il voulait.

1

— Ralentis ! ordonna Cindy Fox en s'agrippant au tableau de bord.

— Tu exagères ! protesta Jonathan. Je suis à soixante.

— Soixante-dix, corrigea Cindy. Dans une zone limitée à cinquante…

— Arrête ! L'aiguille était sur soixante-deux.

— Menteur ! Je reconnais très bien la vitesse à l'oreille, tu sais. Je la sens aussi au vent par la vitre.

— D'accord, c'est bon, soupira Jonathan en levant le pied de l'accélérateur. Et moi qui pensais être tranquille avec une passagère aveugle !

Cindy sourit. Elle aimait bien que Jonathan plaisante à propos de son handicap. C'était tellement plus agréable que cette espèce de pitié qu'exprimaient la plupart des gens !

— Ce n'est pas parce que je suis aveugle…

— Que je suis stupide, acheva son compagnon en riant.

Elle eut une moue embarrassée.

— On dirait que je me répète.

— Surtout sur ce sujet, fit Jonathan, amusé. Mais ne t'inquiète pas, ça finit par s'imprimer dans ma pauvre caboche.

Ils roulèrent en silence un moment. Cindy, qui adorait la sensation du vent sur son visage, n'avait pas remonté sa vitre.

— Tu as choisi quelle option en sport ? demanda-t-elle soudain.

— Basket, répondit Jonathan. Peut-être qu'avec deux heures d'entraînement supplémentaires je ne me ferai pas virer de l'équipe cette saison.

— C'est une bonne idée. Moi, j'ai pris autodéfense.

— Quoi ! s'écria Jonathan. Tu plaisantes ?

Elle fronça les sourcils.

— Pourquoi ?

— Ben... je ne sais pas, reprit le garçon, hésitant. Tu n'as pas peur que ce soit dangereux ?

Cindy se raidit, sur la défensive.

— Tu veux dire, dans mon cas ? Tu crains que je ne sois pas à la hauteur, c'est ça ?

Jonathan resta un instant silencieux, comme s'il réfléchissait.

— Tu le seras, affirma-t-il finalement. Mais tes parents ? Comment ont-ils réagi ? Je les vois mal sauter de joie à cette nouvelle.

Cindy fit la grimace.

— Je ne leur en ai pas parlé, avoua-t-elle.

— Tu ne devais pas leur faire signer la feuille d'inscription ?

— Si, mais je n'ai pas encore osé. J'attends le moment propice. Un matin avant que papa ait pris son café, par exemple. Il est tellement zombie à ce moment-là qu'il signerait n'importe quoi sans le lire.

— Je te le souhaite, fit Jonathan sans conviction.

Cindy poussa un soupir. Son ami avait raison : convaincre ses parents ne serait probablement pas une partie de plaisir ! C'était insupportable, cette manie qu'avaient les gens de la considérer comme une pauvre petite chose fragile, sous prétexte qu'elle était aveugle. Même ses parents, qui savaient pourtant qu'elle se débrouillait très bien ! Elle-même ne se percevait absolument pas comme une handicapée. Aveugle de naissance, elle ignorait ce qu'était la vue et avait appris à vivre en développant ses autres sens. Parfois, elle sentait même des choses que les autres ne voyaient pas.

Jonathan arrêta la voiture.

— Terminus, annonça-t-il. Conservatoire de musique de Shadyside.

— Merci, fit Cindy en détachant sa ceinture. Qu'est-ce que tu vas faire en m'attendant ? Tu as apporté du travail ?

— J'ai complètement oublié... C'est gênant si j'assiste à ton cours ?

— Absolument pas. Je suis en salle trois.

— Le temps de me garer et j'arrive, répondit Jonathan.

Cindy ouvrit la porte et s'aida de sa canne

blanche pour grimper sur le trottoir. Au bruit du moteur dans son dos, elle devina que Jonathan avait tourné l'angle de la rue.

Sa canne devant elle, elle entreprit de traverser la chaussée. Différents airs de piano s'échappaient des fenêtres ouvertes du conservatoire. Cindy sourit en reconnaissant parmi eux le morceau de Schubert qu'elle travaillait en ce moment. Elle inspira avec délices l'air frais qui charriait l'odeur des feuilles mortes et celle, plus âcre, d'un feu de cheminée.

Soudain, elle entendit un bruit lourd derrière elle.

— Attention ! cria un homme.

Cindy fit volte-face… et s'effondra au sol sous le choc.

2

Les gravillons pointus s'enfoncèrent douloureusement dans sa peau, égratignant ses mains et ses genoux.

Elle entendit un fracas métallique à quelques mètres, puis des voix inquiètes.

— Ça va ? demanda un jeune homme à côté d'elle. Tu l'as échappé belle !

Malgré les battements affolés de son cœur, elle parvint à articuler :

— Que… qu'est-ce qui s'est passé ?

Elle s'assit et essuya le sang sur sa joue. Une main ferme se referma sur la sienne.

— J'ai juste eu le temps de courir en voyant la voiture foncer vers toi, expliqua le jeune homme. Une demi-seconde de plus et elle te percutait.

Cindy poussa un profond soupir.

— Tu es sûre que ça va ? s'inquiéta de nouveau son compagnon. Excuse-moi de t'avoir poussée aussi violemment. Je n'ai pas eu le temps de réfléchir.

— Tout s'est passé si vite, je n'ai rien compris,

répondit Cindy, encore sous le choc. Mais ça va, je t'assure… Qui conduisait la voiture ? Où est-il ?

— La voiture était vide. Elle s'est écrasée dans les boîtes aux lettres.

— Vide ? Mais que… ? Comment… ?

— Je ne sais pas, répliqua le jeune homme avant de crier : Eh, Joe ! Qu'est-ce qui s'est passé ?

— Un imbécile a oublié qu'il faut mettre son frein à main quand on se gare en haut d'une côte, répondit une voix masculine.

Cindy tenta de se lever.

— Tiens, donne-moi l'autre main, fit son compagnon en l'aidant à se mettre debout. Tu veux que je te conduise à l'infirmerie ?

— Non, ce n'est pas la peine, dit-elle en frottant ses vêtements.

Elle entendit les gravillons rebondir sur le sol avec un petit bruit sec.

— Merci, reprit-elle. On dirait que tu m'as sauvé la vie.

— Un coup de chance que je me sois trouvé juste derrière toi, Cindy, répondit le jeune homme.

Cindy plissa le front. Bizarre ! Elle ne se souvenait pas d'avoir déjà entendu sa voix.

— Tu connais mon nom ? s'étonna-t-elle.

— Qui ne te connaît pas au lycée ? rétorqua son compagnon. Je suis en terminale à Shadyside. Je m'appelle Brad Jones.

— Brad Jones ? répéta Cindy avec une moue. Ce nom ne me dit rien…

— Normal. Je ne suis là que depuis septembre. Ce n'est pas très drôle de changer de lycée en terminale, ajouta Brad en lui tendant sa canne.

Elle la saisit avec soulagement. Elle se sentait toujours plus sûre d'elle avec sa canne dans la main.

— J'imagine, commenta-t-elle. Je détesterais changer de lycée… Tu prends des cours au conservatoire, toi aussi ?

— J'aimerais bien ! J'adore la musique et je joue depuis tout petit. Mais le conservatoire est trop cher pour moi. Je travaille ici à temps partiel comme assistant du gardien.

— De quel instrument joues-tu ?

— Du piano, comme toi. Je t'ai entendue jouer. Tu es super bonne.

— Merci, répondit Cindy.

Elle aimait la voix de Brad. Une voix profonde et chaude, comme un saxophone baryton.

— Euh… j'aimerais bien t'entendre, moi aussi, reprit-elle, désireuse de prolonger la conversation.

Il eut un petit rire.

— Tu es dix millions de fois meilleure que moi !

— Justement ! plaisanta Cindy. J'adore écouter les gens pires que moi. Ça me donne l'illusion d'être une virtuose.

— Après moi, je peux t'assurer que tu te sentiras géniale, s'esclaffa Brad.

— Cindy !

La jeune fille reconnut la voix nasillarde de Jonathan.

— Cindy, que s'est-il passé ? demanda celui-ci en arrivant à sa hauteur. Mais... tu saignes !

Cindy se toucha le visage. Du sang avait effectivement séché sur sa joue droite.

— Je suis tombée sur le gravier, expliqua-t-elle. Mais ça va.

Elle sortit un mouchoir en papier de son sac et s'essuya, avant de poursuivre :

— Quelqu'un s'est garé en haut de la côte en oubliant de mettre son frein à main. Si Brad ne m'avait pas poussée au dernier moment, la voiture m'aurait renversée... Au fait, vous vous connaissez ?

— Oui, acquiesça Brad. On est en anglais ensemble.

— Heureusement que tu étais là, Brad, déclara Jonathan. Cindy, tu veux que je te raccompagne chez toi ?

— Sûrement pas ! J'ai une audition dans deux mois, je ne peux pas me permettre de manquer un cours.

— Bon, excusez-moi, mais il faut que je retourne au boulot. Le gardien va en faire tout un plat si j'arrive avec deux minutes de retard.

— Merci encore, fit Cindy à regret.

Brad lui était extrêmement sympathique. Elle aurait bien aimé discuter encore un peu avec lui. Et qui sait, peut-être...

Comme s'il avait lu dans ses pensées, le garçon déclara :

— À une prochaine fois au lycée…

— À plus, répondit Jonathan.

Cindy écouta le pas de Brad décroître, puis se tourna vers son ami.

— On y va ? J'ai déjà dû perdre vingt minutes de cours.

— C'était une catastrophe ! s'exclama Cindy à la fin du cours, trois quarts d'heure plus tard. Je n'ai jamais fait autant d'erreurs.

— Sûr, acquiesça son compagnon. Pendant un moment, j'ai cru que le piano était désaccordé.

Cindy éclata de rire.

— Merci. Ça fait plaisir de se sentir encouragée…

— Cindy !

C'était la voix de Brad.

La jeune fille s'arrêta instantanément, écoutant les pas qui approchaient.

— Ouf ! J'avais peur de t'avoir manquée ! soupira le garçon, une fois à sa hauteur. Je voulais te demander ton numéro de téléphone. Comme ça, tu pourras écouter mes exploits au piano.

— Avec plaisir, acquiesça-t-elle vivement.

— Cindy… chuchota Jonathan pour protester.

Mais elle récitait déjà son numéro.

— Super ! fit Brad. Merci beaucoup. Il faut que j'y aille, maintenant. Le gardien me croit en train de faire l'inventaire de la réserve. Je t'appelle… À bientôt en cours d'anglais, Jonathan, ajouta-t-il en repartant à toute allure.

— Waouh ! s'exclama Cindy, ravie. Il est vraiment cool ! Et puis il ne me traite pas comme si j'étais une bête curieuse.

— Moi non plus, grommela Jonathan en lui ouvrant la portière de la voiture.

— Toi, c'est différent. Tu me connais depuis la maternelle. Mais tu vois bien que les autres garçons ont toujours l'air empoté avec moi. On croirait qu'ils ont peur de me casser. Alors que Brad, lui, me parle comme à une personne normale... Au fait, à quoi il ressemble ? demanda-t-elle tandis que Jonathan démarrait.

Son compagnon eut un soupir agacé.

— Je ne regarde pas beaucoup les garçons, tu sais...

— Allez, fais un effort !

— Je crois qu'il est châtain.

— Et ?

— Et c'est tout.

— Tu es vraiment nul ! décréta Cindy. C'est pas grave, je demanderai à Stella. Elle, au moins, elle saura me renseigner.

Stella Webb, sa meilleure amie, était capable de lui décrire avec une précision incroyable tous les garçons du lycée, de la troisième à la terminale.

— Justement, je suis surpris qu'elle ne t'ait pas parlé de Brad Jones, déclara Jonathan. Elle qui adore les ragots.

Cindy fronça les sourcils.

— Qu'est-ce que ça signifie ? De quels ragots parles-tu ?

— Oh, il ne s'agit que de rumeurs...

— Quelles rumeurs ? insista Cindy. Arrête de tourner autour du pot, Jonathan. Qu'est-ce qu'on raconte sur Brad ?

Son compagnon soupira.

— J'ai peur que ça ne te plaise pas...

3

Jonathan tourna dans Canyon Drive.

— Allez, je t'écoute ! insista encore Cindy.

— Il paraît que Brad a eu de gros ennuis lorsqu'il habitait Springfield. On l'aurait même arrêté.

Elle tressaillit.

— Non ! Tu sais pourquoi ?

— Une histoire de vol, je crois.

— Qui t'a raconté ça ?

— Un type qui est avec moi en cours de maths, répondit Jonathan. Il vivait à Springfield avant. Il n'arrête pas de répéter qu'il faut se méfier de Brad.

— Je ne crois pas un mot de tout ça, affirma Cindy. Si ça se trouve, ce type a tout inventé. Il est peut-être jaloux ou quelque chose comme ça.

— Pourquoi tu n'interrogerais pas Brad à ce sujet ? proposa Jonathan.

Cindy réfléchit un instant à cette possibilité.

— Je le ferai peut-être, répliqua-t-elle finalement. Quand je le connaîtrai mieux. En attendant, il m'a plutôt l'air sympathique…

— Comment tu peux dire ça ? Tu ne lui as parlé que deux minutes.

— Et alors ? se défendit la jeune fille. On peut sentir ce qui se dégage des gens sans les connaître... Et ralentis !

— Arrête ! On se traîne comme des escargots ! protesta Jonathan.

Les pneus crissèrent dans le virage.

— Dis donc, tu ne serais pas un peu jaloux, toi ? fit Cindy avec une moue narquoise.

— Tu délires ! rétorqua son compagnon, piqué au vif.

— Je n'en suis pas si sûre. Sinon, pourquoi tu me raconterais toutes ces histoires sur Brad ?

— Parce que tu me l'as demandé, lui rappela-t-il sèchement. Et puis je croyais que ça t'intéresserait de savoir ce que les gens pensent de lui... Remarque, pour ce que tu fais de l'avis des autres...

— Tu veux que je t'aide à préparer tes affaires pour demain matin ? demanda Mme Fox en montant dire bonsoir à sa fille.

— Merci, maman. Mais je te rappelle que je me débrouille toute seule depuis la fin du primaire.

— Je ne l'ai pas oublié, répondit sa mère, une note d'amusement dans la voix. Mais tu sais bien que ça me fait plaisir de t'aider.

— Ça, je l'ai remarqué ! soupira Cindy.

Elle s'en voulait de réagir aussi vivement, mais la

façon dont ses parents la surprotégeaient avait le don de l'agacer !

— Bonne nuit, maman, reprit-elle pourtant avec un sourire.

— Bonne nuit, ma chérie.

Une fois seule, Cindy ferma la porte et s'attaqua à sa routine du soir. Tout d'abord, choisir les vêtements du lendemain. Elle toucha les cintres de son placard où des autocollants en relief indiquaient la couleur des vêtements, et opta pour un jean noir et un grand tee-shirt rouge qu'elle plia délicatement avant de le poser sur la chaise, près de la porte.

Puis elle enfila sa chemise de nuit et se brossa les dents.

Contrairement à la plupart de ses amis, Cindy était extrêmement méticuleuse. Elle n'avait pas le choix. Elle avait appris au cours des années que le seul moyen pour un non-voyant de retrouver ses affaires était de les ranger toujours au même endroit.

Les meubles non plus ne changeaient jamais de place. Jusqu'au jardin qui était conçu pour qu'elle s'y repère sans problème, avec des rails de guidage près du porche et le long des passages. Résultat, Cindy se déplaçait entre les arbres et les massifs aussi rapidement que n'importe qui.

Un jour, lorsqu'elle était petite, son père avait oublié de fermer une porte et elle s'était retrouvée avec un méchant bleu sur le nez. L'incident ne s'était jamais reproduit. Depuis, ses parents prenaient soin de tout laisser exactement dans l'état qu'elle avait mémorisé, afin qu'elle n'ait pas besoin de sa canne dans le jardin ni la maison...

Une fois prête, Cindy se glissa sous les couvertures et mit en route le lecteur de CD sur sa table de nuit. Comme ses vêtements, les pochettes de ses CD portaient des autocollants en relief permettant de les identifier.

Bercée par le son du piano, elle commençait à s'endormir quand la sonnerie du téléphone retentit. Elle coupa le lecteur et décrocha.

— Salut, fit une voix enjouée au bout du fil.

— Salut, Stella, répondit Cindy, ravie d'entendre son amie.

Stella et elle avaient beau habiter à un pâté de maisons de distance, elles se téléphonaient au moins trois fois par jour.

— Je viens de parler à Jonathan, annonça Stella avec une pointe d'ironie. Il paraît que c'est le grand amour entre toi et Brad Jones ?

Cindy ne put s'empêcher de rire. C'était du Stella tout craché ! La moindre rumeur, et il fallait qu'elle en apprenne plus.

— Jonathan a un peu exagéré, dit-elle. J'ai rencontré Brad pour la première fois ce matin.

— Et alors ? Tu sais, je l'ai croisé plusieurs fois à la cantine. Il est vraiment pas mal. Avec des cheveux châtain foncé légèrement ondulés et des yeux noirs fantastiques... On dirait un acteur.

— Merci, fit Cindy, satisfaite. Au moins, toi, tu peux me le décrire. Jonathan s'est contenté de me dire qu'il était châtain.

Stella s'esclaffa.

— Je le reconnais bien là.

— J'aime bien la voix de Brad, déclara Cindy.

— Qu'est-ce qu'il t'a dit ? Raconte-moi tout.

— Ça va être vite fait. J'ai appris qu'il joue du piano et qu'il travaille à temps partiel au conservatoire. C'est tout. Mais il a l'air vraiment cool.

— Jonathan m'a dit que tu lui avais donné ton téléphone.

— Jonathan est une vraie concierge !

— Tu vas sortir avec lui ?

— Avec Brad ? Eh bien, s'il me le propose, je ne dirai peut-être pas non...

— Tu parles ! Si j'étais à ta place, je n'hésiterais pas, déclara Stella avec enthousiasme. Mais Jonathan pense que tu ferais mieux de garder tes distances. Il est inquiet, à cause des rumeurs.

— Tu crois qu'elles sont vraies ?

— Je ne sais pas. Bien sûr, on dit qu'il n'y a pas de fumée sans feu, mais c'est peut-être très exagéré.

— De toute façon, ce n'est pas comme si je prévoyais de m'enfuir avec lui.

— Sûr, approuva Stella en riant. Et puis Jonathan s'inquiète d'un rien.

— Ne m'en parle pas ! s'exclama Cindy. Il est pire que mes parents. Tellement protecteur que ça me rend folle, par moments.

— Oups ! Il va falloir que je te laisse, Cindy. Mon père vient de me faire signe qu'il attend le téléphone.

— À demain, fit Cindy avant de raccrocher et de remettre le lecteur de CD en route.

Mais elle pensait trop à Brad pour écouter la musique. Ce qui résonnait encore et encore à ses oreilles, c'était sa belle voix de baryton. Elle se souvint du contact de sa main sur la sienne, lorsqu'il l'avait aidée à se relever…

Était-elle en train de tomber amoureuse ?

À la fin du CD, elle coupa le lecteur et commençait à sombrer dans le sommeil, quand le téléphone la fit sursauter.

— Allô ? fit-elle d'une voix endormie.

— Cindy ? C'est Cindy ? demanda une voix masculine, nerveuse.

— Oui, répondit-elle, surprise. Qui est à l'appareil ?

— Brad.

— Brad !

Cindy sentit son cœur s'emballer dans sa poitrine.

— Je n'ai pas reconnu ta voix, ajouta-t-elle. Pourquoi chuchotes-tu ?

— Je suis chez des amis. Je ne veux pas les déranger… Comment ça va ?

— Bien. Ça me fait plaisir de t'entendre.

— J'ai pensé à toi tout l'après-midi, avoua-t-il brusquement.

Pendant un instant, Cindy ne sut que répondre. Bien sûr, elle ressentait la même chose, mais cette franchise était tellement surprenante.

— Tu as entendu ? insista Brad. On dirait que tu es celle que j'attends.

— Euh… je… je ne sais pas quoi dire, murmura Cindy.

— Toi aussi, tu as pensé à moi, non ? N'est-ce pas, Cindy ?… Oui, j'en suis sûr. Je n'éprouverais pas ça si tu ne ressentais pas la même chose pour moi.

— Euh… nous nous connaissons à peine, Brad, lui rappela-t-elle.

— Ça n'a pas d'importance. Tout ce qui compte, c'est que tu éprouves la même chose que moi. Car tu l'éprouves, n'est-ce pas ? Dis-le !

Cindy ne répondit pas, mal à l'aise. C'est vrai qu'elle se sentait attirée par lui, mais il allait si vite…

Elle entendait son souffle à l'autre bout du fil. Un souffle rauque, rapide… Soudain, il y eut un déclic, puis plus rien.

Il avait raccroché.

4

— Non, Cindy ! s'exclama Mme Tillotson. Il ne faut pas repousser ton adversaire, mais utiliser sa force.

Cindy se releva. C'était son premier cours d'autodéfense… et sa troisième chute.

Elle se remit face à son professeur, les genoux légèrement fléchis, prête à parer l'attaque.

Mme Tillotson lui saisit le bras. Cindy chercha à se libérer… et se retrouva une nouvelle fois au sol.

— Concentre-toi ! ordonna la prof. Si tu sens que je vais aller vers la droite, accompagne-moi. Ne combats pas ton adversaire, retourne sa force contre lui.

— C'est tellement difficile ! se plaignit Cindy.

— C'est vrai. Mais il n'y a pas de raison que tu n'y arrives pas. Tout cela n'a aucun rapport avec la vue. C'est une question d'anticipation, et de concentration.

Cindy inspira profondément, fâchée contre elle-même. « Arrête de geindre, s'exhorta-t-elle en reprenant sa position. Écoute plutôt les conseils qu'on te donne... » Ce qu'il fallait, c'était se mettre à la place de son adversaire, imaginer sa prochaine attaque...

Elle entendit Mme Tillotson approcher par la droite et se jeter sur elle pour lui prendre le bras. Mais, cette fois, Cindy était prête.

Loin de chercher à se dégager, elle suivit le mouvement de la prof, utilisant l'énergie de son geste pour lui tirer le bras d'un coup sec. Mme Tillotson perdit l'équilibre.

— Waouh ! s'écria-t-elle, un peu surprise. Bravo, Cindy ! Tu apprends vite...

— Merci, fit Cindy, rayonnante.

— Au fait, reprit le professeur en se relevant, tu ne m'as toujours pas rendu ton inscription signée par tes parents. Ne l'oublie pas vendredi prochain, ou je serai obligée de te refuser en cours.

— Pas de problème, répondit Cindy.

« Enfin, je l'espère », ajouta-t-elle pour elle-même.

Après une bonne douche, elle se dirigea vers la cantine. « Tiens, on a du gratin ce midi », se dit-elle en reconnaissant l'odeur, devant la porte d'entrée. Elle était capable de reconnaître ainsi tous les plats de la cantine. Plus petite, elle avait l'habitude de jouer « aux odeurs » avec Jonathan, qui lui rapportait des pots de la cuisine pour qu'elle devine ce qu'ils contenaient. Elle se trompait très rarement.

— J'ai mis le gratin au centre, lui indiqua la serveuse. La purée est au-dessus et la salade encore un peu plus haut, à onze heures.

— Merci, répondit Cindy.

Les employés de la cantine avaient l'habitude de lui préparer son assiette, de façon qu'elle y trouve facilement les différents aliments.

Elle porta son plateau jusqu'à sa table habituelle, près de la fenêtre. D'après le silence relatif, elle était sûre que personne d'autre n'était encore assis dans ce coin. Mais elle sut que sa solitude n'allait pas durer en reconnaissant le pas familier de Stella. Bientôt, le parfum de son amie l'enveloppa.

— Salut ! lança Stella, essoufflée. Désolée d'être en retard, mais je n'arrivais pas à ouvrir mon casier…

— Ce n'est pas grave, répliqua Cindy. Je viens d'arriver.

— Tu es au courant pour Anthony et Sandy ? Il paraît qu'ils vont s'installer ensemble… Je me demande où est passé l'ancien petit copain de Sandy. Celui de Waynesbridge.

— Hum… fit Cindy, peu intéressée par le sujet.

— Et devine qui sort avec la sœur de Jeffrey Galway ! poursuivit Stella.

Cindy ne répondit rien.

— Eh ! s'exclama son amie. La Terre appelle Cindy !… Tu entends ce que je dis ?

— Oh ! Désolée, Stella. J'ai l'esprit ailleurs…

— On dirait, acquiesça Stella en souriant. À propos, j'ai aperçu Brad ce matin, à l'entrée de la bibliothèque. Il portait une tonne de livres.

— Vraiment ? fit Cindy, soudain beaucoup plus intéressée.

— Tu l'as rencontrée aujourd'hui ?

— Non. Mais il m'a appelée hier soir. Juste après toi.

— Ah oui ? Il t'a proposé de sortir avec lui ?

— Non, répondit Cindy.

Elle hésita un instant, se demandant ce qu'elle devait confier ou non à son amie. Finalement, elle reprit :

— Je l'ai trouvé... différent. Comme s'il avait changé.

— Qu'est-ce que tu veux dire par différent ? interrogea Stella. Sa voix était différente, ou c'est ce qu'il t'a dit qui t'a paru bizarre ?

— Un peu les deux...

— Bonjour, Cindy !

C'était la voix de baryton de Brad. La même voix grave et chaude que celle qu'elle avait entendue près de son oreille, après sa chute la veille. Son parfum aux senteurs de cuir et de feuilles mortes lui sembla incroyablement familier.

— Bonjour, Brad...

— Désolée, mais il faut que je vous laisse, s'excusa immédiatement Stella en se levant. J'ai promis à Arline de déjeuner avec elle. Elle veut tout savoir sur la sœur de Jeffrey Galway.

— À plus tard, lança Cindy en l'entendant s'éloigner.

Chère Stella ! Elle ne voulait surtout pas lui faire manquer l'occasion de rester seule avec Brad. Dommage qu'elle n'ait pas trouvé un prétexte un peu plus subtil !

— Assieds-toi, proposa Cindy.

— Merci, fit Brad en s'installant à côté d'elle. J'ai pris du gratin. Mauvaise idée, non ?

— C'est mangeable. À condition de ne pas mâcher, ajouta-t-elle en riant.

Ils s'esclaffèrent tous les deux. Pendant un instant, Cindy faillit mentionner leur conversation téléphonique de la veille, puis y renonça, craignant de le mettre mal à l'aise. S'il avait pris conscience de l'étrangeté de son comportement, il préférait peut-être éviter le sujet.

Elle l'entendit piocher dans son assiette.

— Depuis le début de l'année, je te regarde presque tous les midis, avoua-t-il. D'habitude, je m'installe de l'autre côté de la salle. Ça fait du bien de déjeuner à côté de toi, pour une fois.

— Je ne savais même pas que tu étais là, répondit Cindy.

— Je suis content qu'on ait eu l'occasion de faire connaissance... Au fait, je n'avais pas l'intention de chasser ton amie Stella.

— Tu ne l'as pas chassée, le rassura Cindy. Stella est une pipelette, elle a toujours besoin de savoir ce qui se passe entre qui et qui. En restant pendant tout le déjeuner avec moi, elle risquait de manquer un nouveau ragot.

— Les ragots ne m'intéressent pas, déclara Brad.

— Moi non plus.

— On joue tous les deux du piano, on n'aime ni

l'un ni l'autre les ragots : on aurait presque pu être jumeaux, plaisanta-t-il.

Cindy s'esclaffa.

— En plus, on est tous les deux nés sur la Terre, on se retrouve dans le même lycée... C'est fou, des coïncidences pareilles, se moqua-t-elle. Quelles sont les autres ressemblances, à ton avis ?

— Eh bien, on est tous les deux supérieurement intelligents et beaux comme des dieux.

— Vraiment ?

— En tout cas, toi, fit Brad, un rire dans la voix. Quant à moi, je suis tellement laid que je me promène avec un sac sur la tête.

— Menteur ! protesta Cindy. Stella dit que tu pourrais être acteur.

— Sûr, acquiesça Brad. Dans le rôle de King Kong. Tu veux vérifier ?

Cindy fronça les sourcils.

— Vérifier ?

En guise de réponse, Brad prit ses mains et les plaça sur son visage. Lentement, Cindy glissa le bout de ses doigts le long des pommettes hautes et saillantes, sur le front, le nez droit et fort, la minuscule cicatrice sous l'œil gauche, les lèvres pleines...

Morceau par morceau, elle se construisit une image de Brad.

— Merci, dit-elle au bout d'un moment. Certaines personnes n'aiment pas que je fasse ça. Mais c'est ma façon de les regarder.

— Tu peux me regarder aussi souvent que tu en as envie, lui glissa Brad.

— Maintenant, je sais à quoi tu ressembles, reprit la jeune fille en touchant de nouveau la petite cicatrice sous son œil. Comment tu t'es fait ça ?

— En tombant d'un arbre quand j'avais trois ans. Tu sais que tu es la seule à savoir que j'ai une cicatrice là ? Elle est à peine visible. On dirait que le fait d'être aveugle t'a poussée à développer beaucoup plus tes autres sens.

Cindy acquiesça.

— C'est mon impression. Le problème, c'est que personne ne semble s'en rendre compte. Mes amis pensent qu'un tas de choses m'échappent sous prétexte que je ne les vois pas avec mes yeux.

— Je suis sûr que ça t'aide au contraire pour beaucoup de choses… Le piano, par exemple. Tu dois percevoir des différences entre les touches et les pédales que les autres ne sentent pas.

— Sans doute, répondit Cindy, pensive. Je ne m'étais jamais posé la question.

— Je serais déjà content si je jouais moitié aussi bien que toi.

— Je suis sûre que tu es très bon. Ça me ferait plaisir de t'entendre.

— Je joue depuis tout petit, mais je n'ai jamais pris de cours, expliqua Brad. Je ne peux pas m'offrir de piano maintenant, mais je m'exerce dès que j'en ai l'occasion. Au lycée, de temps en temps, lorsque j'en trouve un de libre en salle de musique…

— Tu peux venir jouer chez moi, si tu veux, proposa Cindy. Mes parents n'y verraient aucun inconvénient.

Brad médita sa proposition un instant, puis secoua la tête.

— C'est très gentil. Mais je ne crois pas…

— Tu ne feras jamais de progrès si tu ne travailles pas régulièrement.

— Oh, mais je travaille ! Je viens justement de trouver un piano disponible quand je veux.

— Au conservatoire ?

— Non, les heures de location sont trop chères… Tu ne devineras jamais où j'ai découvert ce piano.

Cindy esquissa une moue.

— Allez, je t'écoute, le pressa-t-elle en riant.

— Dans une vieille maison abandonnée dans… Fear Street, la rue de la Peur !

En rentrant du lycée en fin d'après-midi, Cindy repensa à sa conversation avec Brad. Elle avait du mal à croire qu'il jouait réellement du piano dans une maison abandonnée. Mais, après tout, pourquoi pas ?

Elle avait pris beaucoup de plaisir à déjeuner avec lui. Il était drôle, gentil, compréhensif. Exactement comme lorsqu'il l'avait aidée à se relever après l'accident. La seule chose qui la gênait et qu'elle ne parvenait pas à oublier, c'était ce coup de fil de la veille. Elle l'avait trouvé tellement bizarre… Si pressant ! Presque inquiétant.

Elle monta les trois marches du porche, ouvrit la porte d'entrée et se précipita dans l'escalier pour se changer. Le silence total lui indiqua que la maison était vide. Elle se souvint alors que ses parents avaient une réunion importante dans la soirée, et qu'ils rentreraient tard.

En pénétrant dans sa chambre, elle se cogna le mollet contre quelque chose, et faillit tomber. Surprise, elle s'accroupit pour palper le sol à la recherche de l'objet… et s'aperçut qu'il s'agissait de sa corbeille à papier.

Bizarre ! Elle qui ne laissait jamais rien traîner… Mais elle avait été particulièrement pressée en partant au lycée ce matin. Sans doute avait-elle oublié de la remettre en place après l'avoir vidée.

Elle déposa son sac et ses livres sur son bureau, rangea la corbeille à l'endroit habituel, et se changea avant de redescendre au salon pour ses exercices de piano quotidiens.

L'esprit occupé par Brad, elle ne parvint à se concentrer qu'après un bon quart d'heure de gammes. Alors, elle put enfin répéter la sonate de sa future audition, uniquement consciente des touches sous ses doigts, des pédales sous ses pieds et des notes qui dansaient autour d'elle…

La sonnette de l'entrée la fit tressaillir. Cindy toucha sa montre en braille : déjà six heures ! L'heure à laquelle Stella était censée la rejoindre pour qu'elles préparent leur exposé d'histoire.

— Pas mal ! la félicita celle-ci quand elle ouvrit la

porte. Ça te réussit d'être amoureuse. Tu joues de mieux en mieux.

— Arrête un peu, fit Cindy avec un sourire grimacé. Allez, on se prépare un goûter et on attaque ! Ça vaudra mieux que de dire des bêtises.

Armées d'un paquet de pop-corn et de deux sodas, elles montèrent au premier. Cindy ouvrit la porte et se dirigea immédiatement vers son lit, sur lequel elle avait l'habitude de travailler.

— Je t'ai apporté un nouveau CD, lança Stella derrière elle. Je…

Elle s'arrêta brusquement, le souffle coupé.

— Oh non ! cria-t-elle.

5

— C'est impossible ! ajouta Stella. Qui a fait ça ?

— Qu'est-ce qu'il y a ? demanda Cindy, soudain inquiète. De quoi parles-tu ?

— Tu n'es pas montée dans ta chambre aujourd'hui ?... Je suis bête ! Bien sûr que si. Mais tu ne l'as pas vu, évidemment...

— Vu quoi ? insista Cindy en lui prenant le bras. Dis-moi ce qui se passe, à la fin !

— Excuse-moi, Cindy, fit Stella en s'efforçant de retrouver son calme. C'est que... je ne sais pas comment t'annoncer ça... C'est ton mur. Quelqu'un a écrit dessus à la peinture rouge.

— Écrit ? répéta Cindy, éberluée.

Qui avait bien pu écrire sur son mur ? D'ailleurs, comment était-on entré dans sa chambre ?

— Il a dessiné une... tête de mort, et il a écrit au-dessous...

Stella s'arrêta de nouveau, mal à l'aise.

— Quoi ? Qu'est-ce qui est écrit ? la pressa Cindy.

Stella inspira profondément avant de lâcher :

— « Tu vas mourir, l'aveugle. »

— Quoi ? s'écria Cindy, incrédule. « Tu vas mourir… » Mais… pourquoi ? Qui a pu faire une chose pareille !

— Oh, je suis désolée, Cindy. C'est tellement affreux ! Je n'arrive pas à croire que quelqu'un ait osé écrire ça.

Cindy sentait une boule se former dans sa gorge.

— Moi non plus, parvint-elle à articuler. C'est sur quel mur ?

— Au-dessus de ton lit.

À genoux sur son lit, Cindy toucha l'endroit indiqué. Elle sentit immédiatement la peinture à peine sèche sous ses doigts, suivit les contours des grosses lettres. *Tu vas mourir, l'aveugle*. Soudain, l'odeur de peinture fraîche lui souleva le cœur, la forçant à reculer.

— Il y a autre chose ? demanda-t-elle, le souffle court. Des objets cassés, ou volés ?

— Pas à première vue, répondit son amie.

Cindy l'entendit ouvrir et fermer des tiroirs, avant de déclarer :

— Tout a l'air d'être là.

— Je n'arrive pas à croire qu'on ait pu me faire ça, soupira Cindy en se laissant tomber sur son lit. Tu te rends compte ? Ça signifie que quelqu'un s'est introduit dans la maison… dans ma chambre ! Et dire que je me suis changée tranquillement, sans me rendre compte de rien ! C'est… c'est…

— Attends ! l'interrompit soudain Stella. Si ça se trouve, il est encore là…

— Viens, il faut vérifier tout de suite.

— Non. Appelons plutôt la police.

— Pas maintenant. Il faut d'abord s'assurer qu'il est bien parti, déclara Cindy en s'armant d'un gros livre.

D'un pas déterminé, elle se dirigea vers le placard et l'ouvrit en grand.

— Il n'y a personne, murmura Stella.

Les deux amies inspectèrent les autres pièces. Elles étaient toutes vides.

— Je me demande comment il est entré, fit Cindy, de retour dans sa chambre.

— Ta fenêtre est ouverte. Tu ne la fermes pas le matin, habituellement ?

— Toujours avant de partir au lycée.

Elle entendit son amie s'approcher de la fenêtre.

— Le toit du porche est juste en dessous, indiqua celle-ci. Il a dû grimper par là et faire coulisser la fenêtre. Viens, prévenons la police.

— Non ! décréta Cindy.

— Mais…

— Personne ne doit savoir ce qui s'est passé. Ni la police, ni mes parents.

Stella était stupéfaite.

— Mais pourquoi ? Quelqu'un a pénétré chez toi, Cindy ! Il a inscrit des menaces sur ton mur !

— Ça ne se reproduira pas. Je veillerai à bien fermer ma fenêtre et la porte de derrière chaque matin.

— Mais…

— S'il te plaît, Stella. Tu connais mes parents. S'ils apprennent ce qui s'est passé, ils vont paniquer et ne me laisseront plus jamais seule à la maison. Ils sont même capables de payer quelqu'un pour rester avec moi le soir, jusqu'à ce qu'ils rentrent.

— Peut-être que ce serait une bonne idée, remarqua Stella. Du moins, pour quelque temps…

— Stella ! Comment peux-tu dire une chose pareille ? Tu es ma meilleure amie. J'ai du mal à croire que, toi aussi, tu me traites comme si j'avais cinq ans ! J'en ai plus qu'assez. Tout le monde pense que je suis incapable de me prendre en charge, sous prétexte que je ne vois pas !

— Ça n'a aucun rapport ! protesta Stella, vexée. C'est toi qui rapportes tout à ton handicap. Mais là, on t'a menacée de mort ! Et je t'assure que j'ai beau me servir de mes deux yeux, je ne resterais pas seule chez moi un seul soir, s'il m'arrivait la même chose.

Cindy hocha lentement la tête.

— Excuse-moi, murmura-t-elle. Mais, franchement, je ne crois pas que cette menace soit sérieuse. C'est juste une blague de gamin.

— Un gamin qui est entré dans ta maison ! lui rappela Stella. Tu parles d'une blague !

Cindy poussa un soupir.

— S'il te plaît, laissons tomber cette histoire. Je suis sûre qu'il n'y a aucune raison de s'inquiéter. Aide-moi à nettoyer tout ça pour que mes parents ne se rendent compte de rien, et je te promets de faire très attention…

À peine éveillée le lendemain, Cindy se mit à genoux pour toucher le mur au-dessus de son lit. La peinture blanche, qu'elle avait étalée avec Stella par-dessus la tête de mort et l'inscription, était encore légèrement collante sous ses doigts. Mais son amie lui avait assuré qu'on ne remarquait rien d'anormal.

Elle avait eu du mal à s'endormir, songeant que quelqu'un s'était introduit dans sa chambre pendant la journée, puis s'était rassurée en se répétant qu'il ne s'agissait probablement que du mauvais tour d'un gamin du quartier.

Ce qu'il fallait maintenant, c'était penser à bien fermer sa fenêtre chaque matin… Ce qu'elle fit avec soin, avant de descendre à la cuisine.

Une délicieuse odeur de crêpes l'accueillit dans le couloir.

— Tiens, notre princesse est debout, remarqua son père en la voyant entrer. Bien dormi, ma chérie ?

— Très bien, mentit Cindy en se dirigeant dans la direction de sa voix pour l'embrasser. Bonjour, papa.

Elle l'entendit tourner une feuille de journal.

— Maman n'est pas là ?

— Je suis en bas ! cria Mme Fox depuis l'escalier de la cave. Il n'y avait plus de sirop d'érable.

— Vous êtes rentrés tard, cette nuit, déclara

Cindy. Mon réveil indiquait qu'il était près de minuit quand je vous ai entendus.

— Tu étais réveillée ? s'étonna sa mère. Pourtant, tu dormais à poings fermés quand je suis allée te voir avant de me coucher… Tu veux combien de crêpes ?

— Une dizaine, plaisanta Cindy. Mais je vais essayer de me limiter à trois.

— Elles arrivent dans une minute !

Mme Fox était un vrai cordon-bleu. Avant d'entrer à la mairie, elle avait travaillé comme chef cuisinière dans l'un des meilleurs restaurants de Shadyside. Grâce à elle, Cindy savait réaliser des tas de recettes, à l'aide d'ustensiles gradués en braille.

— Je suis désolé de rentrer tard en ce moment, s'excusa M. Fox auprès de sa fille, mais ça ne devrait pas durer. Comment s'est passé ton cours de piano hier ?

— Très bien, répondit Cindy.

Elle roula la crêpe que sa mère venait de poser devant elle, avant d'y mordre à pleines dents.

— Hum… tes crêpes sont délicieuses, maman.

— Contente qu'elles te plaisent. Il n'y a rien de tel qu'un bon petit déjeuner pour démarrer la journée.

— Ça tombe bien, fit Cindy. Ma matinée ne va pas être de tout repos.

— Tu t'es fait de nouveaux amis, ce trimestre ? demanda soudain son père.

Cindy se raidit. Elle avait l'habitude de ces questions apparemment anodines, qui cachaient un besoin de contrôler tout ce qui lui arrivait. Ses parents étaient toujours tellement inquiets à son sujet !

Ils seraient devenus fous, si elle leur avait parlé de l'inscription qu'elle avait trouvée sur son mur, la veille.

Quant à sa rencontre avec Brad, elle préférait la garder secrète, tant qu'elle n'en saurait pas un peu plus sur lui.

— Non, pas vraiment, mentit-elle. Mais les cours viennent juste de reprendre… Tiens, en parlant du lycée, je dois vous faire signer un formulaire pour la gym.

— Pas de problème, répondit Mme Fox.

Cindy fouilla dans son sac et trouva la chemise portant l'inscription *Gymnastique* en braille. Elle sortit la feuille d'inscription qu'elle tendit à sa mère.

— C'est à quel sujet ? fit celle-ci. Tu…

Elle s'arrêta brusquement avant de reprendre, à la fois surprise et inquiète :

— Tu veux t'inscrire en autodéfense ?

— Oui, répondit Cindy le plus naturellement possible. Tu ne trouves pas ça bien, que j'apprenne à me défendre ?

— Si, bien sûr. Mais tu n'as pas peur que… Enfin, tu ne crains pas que ce soit un peu difficile pour toi ?

— Tu penses que j'en suis incapable parce que je suis aveugle ? rétorqua Cindy, une pointe d'agressivité dans la voix.

— Pas du tout ! se défendit sa mère. C'est juste que je n'aimerais pas que tu entreprennes quelque chose de trop difficile pour toi.

— Ce n'est pas trop difficile. La prof est même impressionnée par mes progrès.

— Parce que tu as déjà commencé ! s'exclama Mme Fox. Je ne sais vraiment pas quoi en penser... À ton avis, John ?

Le père de Cindy réfléchit un instant, puis haussa les épaules avec un soupir.

— Si Cindy pense qu'elle y arrivera, elle a sans doute raison... Mais fais tout de même attention, ajouta-t-il à l'adresse de sa fille, il ne faudrait pas que ça te donne une fausse impression de sécurité. Ne commence pas à te croire plus forte que tu ne l'es.

— Ne t'inquiète pas, papa.

Pour la millième fois, elle se demanda pourquoi ses parents se montraient tellement protecteurs à son égard. Bien sûr, ils avaient accepté qu'elle aille dans un lycée normal et la laissaient sortir facilement. Mais elle finissait toujours par buter sur leurs limites.

Sur le trajet du lycée, elle songea de nouveau à Brad. Lui, au moins, n'avait pas l'air de la considérer différemment parce qu'elle était aveugle.

Elle était même sûre qu'il trouverait ça génial qu'elle prenne des cours d'autodéfense.

Elle aurait sans doute parlé de lui à ses parents,

sans les rumeurs qui couraient à son sujet. Bien sûr, elle n'en croyait pas un mot, mais elle n'avait pas envie qu'ils l'empêchent de le voir à cause de ces racontars stupides...

Une douce brise lui caressa le visage, portant à ses narines l'odeur de caoutchouc et de béton d'un chantier proche. Le bruit de la circulation sur la route couvrait le piaillement des oiseaux dans les arbres.

Puis, soudain, il y eut un autre son. En tendant l'oreille, Cindy reconnut le claquement précipité de semelles contre l'asphalte : quelqu'un courait derrière elle. Probablement l'un de ses amis qui voulait la rattraper. Elle ralentit pour l'attendre.

— Qui est-ce ? demanda-t-elle lorsqu'il fut presque à sa hauteur.

Silence.

— Salut, insista-t-elle.

Toujours pas de réponse. Pourtant, la personne était juste derrière elle.

Cindy eut un petit frisson. Est-ce qu'on cherchait à l'effrayer ? Et qui était ce « on » ? Le même que celui qui s'était introduit dans sa chambre ?

Elle secoua la tête avec agacement. Qu'est-ce qu'elle était en train d'imaginer ? Il n'y avait rien d'inquiétant. Juste quelqu'un qui marchait derrière elle et qui, ne la connaissant pas, n'avait pas compris qu'elle s'adressait à lui.

Tapotant le bord du trottoir de sa canne blanche, elle poursuivit sa route. Lorsqu'elle parvint au carrefour, un déclic suivi de vrombissements de moteurs l'informa que le feu venait de passer au vert pour les voitures. Elle s'arrêta. Dans son dos, elle entendit l'inconnu se rapprocher.

— Qui êtes-vous, à la fin ? s'écria-t-elle, la sentant juste derrière elle. Pourquoi vous ne rép… ?

Une violente poussée dans le dos l'empêcha d'achever sa phrase.

Avec un hurlement, elle tomba en avant, se mordant douloureusement la langue dans sa chute. Le goût âcre et salé du sang lui emplit la bouche.

Il y eut un coup de klaxon assourdissant, et des crissements de pneus.

6

Cindy évita la voiture d'une roulade, mais se cogna contre le trottoir. Une vive douleur explosa dans son épaule. L'eau du caniveau coulait sur son visage, rafraîchissant ses lèvres tuméfiées.

Il y eut un claquement de portière, des pas précipités, puis une femme demanda d'une voix haletante :

— Vous allez bien ? Qu'est-ce qui s'est passé ? Vous m'avez fichu une de ces peurs ! J'ai bien cru que j'allais vous écraser.

— Ça… ça va, bredouilla Cindy en tâtonnant autour d'elle, à la recherche de sa canne.

Où était-elle passée ? Elle devait absolument la trouver pour se relever.

— Je vais vous raccompagner, proposa la femme. Vous savez si vos parents sont chez vous ?

Soudain, Cindy se sentit soulevée et remise fermement sur pied.

— Vous la connaissez ? demanda la femme à la personne qui venait de la relever.

— Oui, acquiesça une voix d'homme. Cindy, c'est moi… Brad.

Cindy fronça les sourcils. Brad devait être enrhumé. Sa voix était si enrouée qu'elle ne l'avait pas reconnue.

Soudain, un klaxon retentit, suivi de cris rageurs.

— Vous comptez camper longtemps au milieu de la rue ? cria un conducteur agacé.

— Il faut que je pousse ma voiture, dit alors la femme près de Cindy. Venez, je vous raccompagne. Je me sentirai mieux si je vous sais tranquille chez vous.

— Merci, ce n'est pas la peine, refusa gentiment Cindy. Je vous assure que ça va.

— Je vais la conduire à l'infirmerie du lycée, proposa Brad. C'est juste là, au bout de la rue.

Un concert de klaxons leur vrilla les tympans.

— Vous pouvez partir. Je vous assure que je vais bien, affirma Cindy.

— Vous êtes sûre ? insista encore la femme, incertaine.

Mais les coups de klaxon et les cris de plus en plus virulents des conducteurs bloqués derrière elle eurent raison de son hésitation. Elle regagna précipitamment sa voiture.

— Qu'est-ce qui s'est passé ? demanda Brad après son départ. Tu as trébuché ?

— Non. On m'a poussée ! s'écria Cindy, affolée à ce souvenir. Tu étais là ? Tu as vu quelqu'un ? Il me suivait.

— J'étais sur le trottoir d'en face quand tu es tombée. Il n'y avait personne près de toi, répondit Brad, une note de surprise dans la voix. Tu dois te tromper…

— Me tromper ? répéta la jeune fille, incrédule. Tu plaisantes ? Je l'ai entendu courir derrière moi. Et j'ai bien senti ses mains se…

— Tu as sûrement trébuché sur quelque chose, s'entêta son compagnon. Il y a un trou dans la chaussée juste au bord du trottoir.

— Non ! Je te dis que j'ai senti quelqu'un me pousser ! Tu n'as pas dû le voir…

— Tu te trompes ! coupa de nouveau Brad, d'un ton sans appel.

L'attirant brusquement vers lui, il prit son visage entre ses mains et murmura à son oreille :

— Je suis là pour toi, Cindy.

Sa voix était rauque, presque menaçante.

Cindy secoua la tête, mal à l'aise.

— Brad…

— Je n'arrête pas de penser à toi, poursuivit-il, ignorant ses protestations. Tu penses à moi, toi aussi ? Dis-le !

— Brad ! Lâche-moi ! ordonna Cindy, soudain effrayée.

Elle commença à se débattre mais, aussi brusquement qu'il s'était saisi d'elle, son compagnon la relâcha.

— Tiens, prends ça, dit-il en lui mettant sa canne dans la main. À plus tard !

Assise devant son livre de géographie en braille dans un coin de la bibliothèque, Cindy essayait désespérément de se concentrer. C'était la troisième fois qu'elle parcourait ce chapitre sur le Sri Lanka, et elle n'en avait pas retenu un seul mot ! Le souvenir de sa chute au milieu de la rue et surtout l'étrange comportement de Brad l'obsédaient.

— Eh, Cindy ! l'interpella Stella à l'autre bout de la table. Tu as l'air de planer depuis tout à l'heure… Ça va ?

— Oui, oui.

— Eh bien, pas moi, intervint Jonathan en se tortillant sur sa chaise à côté d'elle. Je meurs de faim.

— Tu ne penses qu'à manger ! se moqua Stella. Pas étonnant que tu ressembles à une baleine.

— Mieux vaut ressembler à une baleine qu'à un épouvantail !

— Vous avez fini ? les réprimanda Cindy. Vous ne pouvez vraiment pas arrêter deux secondes de vous disputer ?

Jonathan eut un petit rire sarcastique.

— Ne lève pas la tête, mais ton petit ami vient de rentrer…

— Si tu parles de Brad, ce n'est pas mon petit ami, rappela Cindy, contrariée.

Elle aurait bien aimé que Jonathan cesse de la titiller à propos de Brad. Décidément, elle avait eu raison de ne pas lui raconter ce qui s'était passé le matin ! S'il l'avait su, il n'aurait pas manqué de lui faire un sermon et de lui répéter de se méfier.

Alors qu'il existait certainement une explication logique à l'étrange comportement de Brad. Peut-être avait-il simplement été choqué de l'avoir vue échapper de justesse à un accident ? On le serait à moins, après tout.

Cindy sentit le contact délicat d'une main sur son épaule, puis un souffle doux contre son oreille.

— Tu aurais deux minutes à me consacrer ? murmura Brad.

— Bien sûr, répondit-elle en se levant pour le suivre dans un coin de la bibliothèque.

— Je venais chercher un bouquin d'histoire, expliqua-t-il alors. C'est une chance que tu sois là. Je voulais justement te demander si tu avais envie d'entendre mes exploits de pianiste, ce soir.

— Ce soir ?... Euh... je ne sais pas, bredouilla Cindy, mal à l'aise.

Elle n'était pas certaine d'avoir envie de se retrouver seule avec lui.

— Allez, insista-t-il. C'est toi qui m'as dit que tu souhaitais m'écouter.

Sa voix était de nouveau grave et profonde. Il semblait redevenu normal.

— D'accord, acquiesça finalement Cindy.

— C'est drôle, les hasards... Je pensais t'appeler pour te proposer qu'on se retrouve ce soir, et juste à ce moment-là je tombe sur toi ici.

— Tu aurais pu m'en parler quand on s'est vus ce matin, remarqua Cindy.

— Ce matin ? répéta Brad d'un ton surpris, avant

d'ajouter dans un chuchotement rapide : La bibliothécaire nous regarde d'un sale œil. Je ferais mieux de retourner en cours… Je te rappelle pour ce soir, O.K. ?

Comme convenu au téléphone, Brad attendait Cindy à l'arrêt de bus de Fear Street. Il la serra chaleureusement contre lui.

— Merci d'être venue.

— Je n'ai pas de mérite, répondit la jeune fille. Je suis tellement impatiente de t'entendre jouer.

— On y va ? La maison est juste au bout de la rue.

Cindy glissa un bras sous le sien.

— Attention, la prévint-il. Il y a un trou juste devant toi…

— Je sais, répondit Cindy en examinant le nid-de-poule du bout de sa canne.

Il émanait de la rue une atmosphère étrange. Bien que les maisons fussent habitées, on n'entendait aucun son s'en échapper. Ni conversation, ni cri d'enfant, ni musique… Pas même un bruit de vaisselle. Cindy s'étonna également de ne pas respirer d'odeurs de cuisine, caractéristiques de sa propre rue à l'heure du dîner. On se serait cru dans une rue fantôme… la rue de la Peur.

Parcourue d'un petit frisson, elle se serra un peu plus contre Brad.

— On y est presque, annonça celui-ci. Fais attention, la chaussée est complètement défoncée par ici.

Effectivement, Cindy ne tarda pas à sentir la terre caillouteuse sous le bitume fissuré. Puis son compagnon l'entraîna vers la gauche, et elle reconnut le contact d'une pelouse desséchée sous ses pieds. Vingt-cinq pas plus loin – depuis l'enfance, Cindy avait pris l'habitude de compter ses pas d'un point à un autre –, ils atteignirent un escalier.

— C'est l'une des dernières maisons de la rue avant le cimetière, l'informa Brad en ouvrant la porte. Il n'y a pas d'électricité, mais apparemment ils ont oublié de couper le gaz. Ça nous permettra d'avoir un peu de chauffage.

Cindy entendit un craquement, puis un choc métallique, suivi du sifflement du gaz. Le brûleur s'enflamma dans un grand souffle.

— Ça ne va pas tarder à chauffer, promit-il. Viens, le piano est dans le salon…

Il l'entraîna à travers un couloir dont le plancher gémit sous leur poids. Chacun de leurs pas soulevait un nuage de poussière, comme si la maison était à l'abandon depuis des années.

— On y est, annonça Brad en plaçant la main de Cindy sur le capot du piano. Tu veux le tester un peu ?

Avec un hochement de tête, elle posa sa canne contre le bord de l'instrument et s'assit sur le siège. Puis elle ouvrit le capot et caressa les touches. Elles étaient usées, mais propres.

Elle joua les premières notes de la sonate de sa future audition, puis enchaîna toute l'ouverture. La musique emplit la vieille demeure.

— C'était magnifique ! s'exclama Brad quand elle s'arrêta.

— Il est légèrement désaccordé, mais le son est d'une super qualité. Je me demande pourquoi l'ancien propriétaire ne l'a pas emporté.

— Il est mort, expliqua Brad. Il était prof de musique. On l'a retrouvé assassiné un matin avec toute sa famille. J'imagine qu'après ça personne ne s'est soucié du piano.

Cindy se mordit la lèvre.

— C'est horrible !

Mais il est vrai qu'on n'entendait que des histoires effrayantes à propos de Fear Street. Des ouvriers disparus pendant qu'ils construisaient une maison, des gosses qui avaient vu un fantôme dans la vieille demeure de Simon Fear... À croire que cette rue était maudite !

— À toi, Brad, dit-elle pour changer de sujet.

Son compagnon s'installa à côté d'elle.

— Je te préviens, je ne suis vraiment pas bon, rappela-t-il d'une voix intimidée.

Cindy sourit avec tendresse.

— Allez, l'encouragea-t-elle. Je t'ai dit que j'adore écouter les gens qui jouent mal.

Brad choisit l'air d'une chanson qui avait connu un grand succès quelques années auparavant. Son jeu était rempli d'émotion, mais ses doigts achoppaient régulièrement sur les passages difficiles.

— Tu ne fais jamais de gammes ? lui demanda Cindy.

— Pas vraiment… Pourquoi ? Je devrais ?

— Ça te donnerait plus de fluidité. Tiens, laisse-moi te montrer quelques exercices, proposa la jeune fille en commençant à jouer une série de gammes.

Brad plaça ses doigts sur les touches et joua les mêmes notes, une octave plus haut. De temps à autre, le bras de Cindy frôlait le sien.

— À mon tour de te montrer quelque chose, dit-il soudain en glissant un bras autour de ses épaules et en l'attirant vers lui.

Elle sentit son souffle sur sa joue. « Il va m'embrasser », se dit-elle, le cœur battant.

C'est alors qu'un choc lourd fit vibrer le parquet au-dessus de leurs têtes. Cindy se rejeta vivement en arrière.

— Ça vient du premier, murmura-t-elle. Il y a quelqu'un à l'étage !

7

— Reste ici, chuchota Brad. Je vais voir ce qui se passe.

— Mais, Brad...

— Surtout, ne bouge pas, insista-t-il. Je reviens tout de suite.

Obéissante, Cindy demeura immobile devant le piano, tendant la main pour prendre sa canne au cas où elle devrait fuir précipitamment.

Elle entendit Brad monter les marches et appeler :

— Qui est là ?... Il y a quelqu'un ?

Seul le silence lui répondit.

Puis le plafond craqua. Des pas résonnèrent au-dessus de la tête de Cindy. Une porte claqua.

Soudain, elle entendit une succession de coups... Quelqu'un en train de courir ? Suivirent des cris étouffés.

Le souffle court, elle tendit l'oreille en essayant de comprendre les mots. Sans succès. Qui était là-haut avec Brad ? Que se disaient-ils ?

De nouveau, des pas précipités. Quelqu'un dévalait l'escalier à toute allure. Une autre porte claqua.

— Brad ! appela-t-elle.

Elle n'obtint aucune réponse.

Est-ce que Brad venait de partir ? Non, c'était impossible. Il ne l'aurait pas abandonnée seule dans la maison...

— Brad ! Qu'est-ce qui se passe ?

Silence.

Elle avait pourtant bien entendu des voix, avant les pas dans l'escalier. Qui était avec Brad ? Et pourquoi ne répondait-il pas ? Était-il blessé ? Inconscient ?

Elle l'imagina inanimé sur le parquet, baignant dans son sang. Mon Dieu... Il fallait absolument qu'elle sache !

S'armant de courage, elle se leva. Sa canne devant elle, elle avança dans la direction supposée de l'escalier.

— Brad ! cria-t-elle encore.

Sans plus de succès.

Sa canne heurta quelque chose. Cindy tendit la main et s'aperçut qu'il s'agissait d'une rampe. Parfait. Elle avait trouvé l'escalier.

— Brad, tu es là-haut ?

Toujours le même silence oppressant.

L'estomac de Cindy se crispa douloureusement. Si Brad ne répondait pas, cela signifiait qu'il était blessé. Et elle était la seule à pouvoir l'aider. Il fallait absolument qu'elle monte.

Sa main droite refermée sur la rampe, elle évalua la hauteur de la première marche avec sa canne et se hissa. Le bois gémit sous son poids. Elle allait s'attaquer à la deuxième marche, quand un bruit de frottement la figea sur place.

Quelqu'un venait de bouger derrière elle.

Son cœur se mit à cogner dans sa poitrine.

— Brad ? appela-t-elle en se tournant vers le bruit.

Pas de réponse, mais un nouveau frottement, un peu plus fort.

Il y avait quelqu'un d'autre dans la maison ! Quelqu'un qui s'approchait d'elle !

Affolée, Cindy monta la deuxième marche pour s'enfuir. Elle s'apprêtait à poser le pied sur la troisième, quand des bras se refermèrent brusquement autour de sa taille. Elle tenta de se dégager, déchirant son tee-shirt dans la lutte.

— Lâchez-moi ! hurla-t-elle, paniquée.

8

— Non ! cria Cindy en se débattant de toutes ses forces. Laissez-moi partir ! Non !

Loin de l'écouter, son adversaire la serra un peu plus fort.

— Cindy… Cindy ! Calme-toi ! l'exhorta-t-il.

Elle reconnut son parfum en même temps que sa voix. Une voix nasillarde. Très familière.

— Jonathan !

— Oui, c'est moi, répondit son ami en relâchant son étreinte.

— Mais… qu'est-ce que tu fais là ? Qu'est-ce qui t'a pris de m'empoigner comme ça ?

— Il manque une marche là où tu allais poser le pied. L'escalier est complètement vermoulu. Tu aurais pu te casser le cou.

— Qu'est-ce que tu fais ici ? répéta Cindy. Que…

Elle s'interrompit, surprise par son ton hystérique. Il fallait absolument qu'elle se calme.

— J'étais dehors, devant la maison, quand j'ai vu une lueur passer de fenêtre en fenêtre puis s'éteindre, répondit Jonathan. Ne comprenant pas ce qui se passait, j'ai décidé d'entrer.

— Brad et moi étions en train de jouer du piano dans le salon lorsqu'on a entendu du bruit au premier. Il est monté voir ce qui se passait… et n'est toujours pas redescendu.

Elle inspira profondément avant de poursuivre :

— J'ai peur qu'il lui soit arrivé quelque chose. J'ai entendu des cris, et je suis sûre qu'il se battait avec quelqu'un. Si ça se trouve, il est blessé.

— Je vais voir, déclara Jonathan. Attends-moi ici. Et ne monte sous aucun prétexte. Même si tu entends du bruit.

— Mais…

— Je suis sérieux. Cet escalier est beaucoup trop dangereux. D'ailleurs, si quelque chose tournait mal, tu serais plus utile en sortant appeler la police.

— D'accord, reconnut Cindy. Mais dépêche-toi.

Elle entendit son ami monter lentement les marches, puis passer de pièce en pièce en appelant Brad.

Aucune réponse ne lui parvint.

— Tu vois quelque chose ? cria-t-elle.

— Pas pour l'instant, répondit Jonathan. Mais il reste encore des pièces…

Elle l'entendit ouvrir une porte, une seconde, puis revenir dans le couloir.

— Il n'est pas là-haut, affirma-t-il en redescendant.

— J'ai entendu quelqu'un dévaler l'escalier à

toute allure, juste avant que tu entres, dit Cindy. Il est peut-être quelque part au rez-de-chaussée.

— Je vais jeter un coup d'œil.

Bouillant d'impatience, Cindy resta près de l'escalier. Où donc était Brad ? Pourquoi Jonathan ne le trouvait-il pas ? Et elle qui ne servait à rien ! Cette attente était insupportable !

Enfin, elle entendit Jonathan revenir vers elle.

— Alors ?

— J'ai regardé partout, déclara-t-il. Pas de trace de Brad. Il a dû partir.

9

— C'est impossible ! s'exclama Cindy. Il n'a pas pu partir comme ça.

— En tout cas, il n'est pas dans la maison, affirma Jonathan.

— Il a dû lui arriver quelque chose... Je suis sûre qu'il ne m'aurait pas laissée seule ici.

— C'est pourtant ce qu'il a fait... Bien ! On n'a plus aucune raison de rester là. Viens, je te ramène. D'accord ?

Après une brève hésitation, Cindy hocha la tête, et laissa son ami lui prendre le bras pour sortir.

Mais, au fond d'elle-même, elle s'inquiétait toujours pour Brad. Qu'est-ce qui avait pu le pousser à s'enfuir de cette façon ? Y avait-il quelqu'un d'autre dans la maison ? Cette autre personne l'avait-elle agressé ?

— On y est, annonça Jonathan en lui ouvrant la portière de la voiture.

Quand elle fut installée, il prit place derrière le volant et démarra.

— Une chance que je sois arrivé, remarqua-t-il en quittant Fear Street.

— Ralentis ! ordonna Cindy, agacée par son ton satisfait. Et d'abord tu n'as pas répondu à ma question : qu'est-ce que tu fabriquais là ?

— J'étais inquiet pour toi.

Elle fronça les sourcils.

— Ce qui signifie ? le défia-t-elle d'un air contrarié. Tu ne me crois pas capable de me débrouiller seule ?

Jonathan ne répondit rien.

— J'y crois pas ! soupira Cindy en secouant la tête. Tu m'as suivie !... Allez, avoue que tu m'espionnais.

— Je ne t'espionnais pas ! protesta son ami.

D'un geste vif, il mit la radio et monta le son. Presque aussi rapidement, Cindy l'éteignit.

— Ben voyons ! dit-elle, sarcastique. Tu t'es trouvé là par un pur hasard. Juste parce que tu avais envie de visiter une maison abandonnée dans Fear Street.

— D'accord, tu as raison, concéda Jonathan, je t'ai suivie. J'étais en route pour le basket quand je t'ai vue monter dans le bus à Old Mill Road. Je me suis demandé où tu pouvais bien aller, et je t'ai suivie. Ça m'a fait un choc de te voir descendre à Fear Street.

— Si tu m'as vue, tu as aussi vu que Brad m'attendait, remarqua sèchement Cindy. Ça aurait dû te rassurer.

Jonathan ricana.

— Après ce que je t'ai raconté sur lui ? Tu plaisantes !

— Je t'ai déjà dit que je n'en croyais pas un mot. En outre, j'ai le droit de sortir avec qui je veux, sans avoir besoin de ton accord !

— Et moi, j'ai le droit de me faire du souci pour mes amis, rétorqua Jonathan. Il va finir par t'arriver des ennuis si tu continues à fréquenter ce type.

Comme si une idée venait brusquement de lui traverser l'esprit, Cindy se radoucit pour demander :

— Tu n'as vu personne d'autre, pendant que tu étais dehors ? Je suis sûre qu'il y avait quelqu'un dans la maison. Tu ne l'as pas vu sortir ?

— Non, mais il y avait une autre porte du côté du jardin. Il s'est peut-être enfui par là.

Cindy se mordilla la lèvre, pensive. Et si la personne qu'elle avait entendue se disputer avec Brad était Jonathan ? S'il l'avait suivie, il était parfaitement capable d'avoir fait la leçon à Brad. Car il l'avait bel et bien suivie ! Et, de toute évidence, il ne supportait pas qu'elle fréquente Brad...

Elle pencha la tête de gauche à droite, pour détendre les muscles de son cou. Toute cette histoire la rendait folle.

Jonathan était son plus vieil ami. Elle devait lui faire confiance.

Cindy passa la soirée allongée à côté de son téléphone. Mais, en dépit de ses prières, l'appareil refusait de sonner. Pourquoi Brad ne l'appelait-il pas ? Il lui devait une explication, tout de même. Une sérieuse explication !

À onze heures, elle renonça. De toute évidence, il n'appellerait pas ce soir. Avec un soupir, elle se mit sur le côté et ferma les yeux. C'est alors que la sonnerie retentit.

Cindy bondit sur son lit et décrocha.

— Allô ?

Il s'agissait d'une erreur.

Déçue, le combiné dans la main, la jeune fille hésita un instant à prévenir la police. Après tout, Brad avait disparu...

Puis elle y renonça, consciente qu'il était encore trop tôt. Demain, si elle ne le voyait pas au lycée, elle agirait.

À l'heure du déjeuner, le lendemain, Cindy se précipita vers la cantine.

— Salut, Cindy ! l'arrêta Randy Harris à l'entrée du bâtiment. J'imagine que tu as appris que je suis chargé de l'organisation de la fête du lycée, cette année.

— Oui. C'est super, répondit-elle en poursuivant sa route.

— Tu sais déjà ce que tu joueras, dans le spectacle ?

Cette fois, Cindy fut bien obligée de s'arrêter pour se tourner vers son interlocuteur. Elle avait complètement oublié qu'elle s'était engagée à jouer un morceau de piano pour la fête annuelle du lycée.

— Je n'y ai pas encore réfléchi, reconnut-elle en s'apprêtant à s'éloigner.

Mais Randy la retint par le bras.

— J'ai adoré ce pot-pourri d'indicatifs télé que tu as joué l'année dernière. C'était vraiment drôle, la manière dont tu les as transformés en morceaux classiques… Tu pourrais refaire un truc du même genre.

— J'y penserai, promit distraitement Cindy avant de demander : Tu peux me rendre un service ? Me dire si tu vois Brad Jones, quelque part dans la salle.

— Sûr, répondit Randy. Il est assis au fond près de la baie vitrée. Tu veux que je te conduise là-bas ?

— Non, merci, je vais prendre mon plateau avant.

Pendant qu'elle faisait la queue, Cindy réfléchit à ce qu'elle dirait à Brad. Elle n'avait pas encore trouvé quand elle se dirigea, le cœur battant, vers le fond de la salle.

— Eh, Cindy ! appela Brad. Je suis ici…

Il se leva pour la guider jusqu'à la table, puis se rassit face à elle.

— Je suis content que tu sois là. Je voulais justement te voir.

Cindy ne répondit rien, impatiente d'écouter ses explications.

— Je suis vraiment désolé pour hier soir, s'excusa-t-il. Je n'avais pas l'intention de partir comme ça…

Puis il se tut.

Cindy attendit un peu, certaine qu'il allait enchaîner... Et dut se rendre à l'évidence : Brad n'avait rien à ajouter ! Elle sentit la moutarde lui monter au nez.

— Tu te rends compte de la peur que tu m'as faite ! s'exclama-t-elle. J'ai cru que tu avais été blessé, ou quelque chose comme ça. Tu aurais au moins pu me téléphoner pour me rassurer !

— Je... je suis désolé, répéta Brad. Je sais, c'est bête, mais je ne sais pas quoi dire d'autre. Il s'est passé quelque chose... une chose qui m'a empêché d'agir autrement.

— C'est un peu léger comme explication, protesta la jeune fille. Tu m'as laissée seule dans une maison abandonnée, au fond d'une rue où la plupart des gens n'oseraient même pas mettre les pieds !

— Je sais, acquiesça Brad. Je ne me le pardonne pas.

Saisissant sa main, il ajouta d'un ton coupable :

— Tu es géniale, Cindy. Vraiment. Je suis super heureux de t'avoir rencontrée, mais... je ne peux pas continuer à te voir. Désolé.

Cindy n'en croyait pas ses oreilles !

— Qu'est-ce que tu racontes ? s'écria-t-elle. Ça n'a aucun sens... Écoute, Brad, sois sympa, dis-moi la vérité. Qu'est-ce qui se passe exactement ?

Brad demeura silencieux un long moment, puis il poussa un soupir. Cindy se raidit, certaine d'obtenir enfin le fin mot de l'histoire. Mais son compagnon se contenta de lui lâcher la main. L'instant d'après, les pieds de sa chaise crissaient sur le carrelage.

— Non, dit-il d'une voix brisée. Non, ce ne serait pas bien... Il ne faut pas que ça se reproduise !

Avant qu'elle ait pu ouvrir la bouche, il s'était éloigné.

10

— J'espère que tu es prête pour le film le plus gore du magasin ! s'exclama Stella en accueillant Cindy à sa porte. Je veux dire, parmi ceux qu'il leur restait. Le vendredi soir, tous les bons films sont déjà loués.

— Tu sais, les scènes d'horreur, quand on ne les voit pas… répondit Cindy avec un haussement d'épaules.

— Oh, mais dans celui-là tu vas entendre le sang gicler, plaisanta son amie.

— C'est un film super cool, intervint Jonathan. Je l'ai déjà vu deux fois.

— Pourquoi tu ne me l'as pas dit ? s'étonna Stella. J'en aurais loué un autre.

Cindy reconnut le déclic de mise en route du magnétoscope.

— J'étais trop content à l'idée de vous voir mortes de peur, fit Jonathan en riant.

Malgré ses efforts, Cindy ne parvint pas à s'intéresser au film. Pourtant, elle aimait bien les vidéos, en temps normal. Bien sûr, elle ne voyait pas les images, mais elle suivait assez bien l'action grâce à la musique et aux dialogues. Et lorsque certaines scènes exigeaient plus de précisions, elle pouvait compter sur ses amis pour les lui fournir.

Stella poussa un cri horrifié à côté d'elle. Apparemment, on traversait un passage particulièrement sanglant ! D'après ce que Cindy avait compris, il s'agissait d'un serial killer qui s'attaquait à des adolescentes. Pour le reste, c'était plutôt flou...

Mais comment aurait-elle pu suivre quoi que ce soit, alors qu'elle ne cessait de penser à Brad ? Deux jours s'étaient écoulés depuis leur conversation à la cantine. Deux jours pendant lesquels il n'avait pas donné signe de vie.

Elle l'avait peut-être croisé au lycée. Peut-être même s'était-elle assise près de lui à la bibliothèque... Mais c'était tellement facile d'éviter une non-voyante !

Il lui avait dit qu'elle était géniale, mais refusait de la revoir. Que comprendre à cela ?

— Oh non ! hurla soudain Stella. Il ne va pas faire ça !... D'où est-ce qu'il sort cette hache ?

Jonathan éclata de rire.

— T'as vu ? Je t'avais dit que c'était cool...

— Cindy, il va tuer les deux conseillers d'orientation à la hache ! Pendant qu'ils dorment !

— Ah bon ? C'est moche, commenta Cindy d'un ton morne.

Quelques minutes plus tard, la musique du générique lui indiqua la fin du film.

— Super film ! s'exclama Jonathan.

— À condition d'aimer les bains de sang ! railla Stella. Je ne peux pas croire que tu l'aies vu deux fois.

— Trois maintenant, rectifia Jonathan. Quand on aime, on ne compte pas !

— T'as pas eu l'air d'accrocher, Cindy, remarqua Stella. J'espère que le suivant te plaira plus.

Cindy eut une grimace ennuyée.

— Je ne sais pas si je vais rester, dit-elle. Je me sens un peu fatiguée… Je vais peut-être appeler mon père pour qu'il vienne me chercher.

— Tu n'es pas sérieuse ! Il est à peine dix heures. Tu ne vas pas partir si tôt.

— Franchement, je ne suis pas très en forme. Même pour vous, ce n'est pas drôle.

— Qu'est-ce qui ne va pas ? intervint Jonathan. Tu as l'air bizarre depuis quelques jours.

— C'est à cause de Brad ?

Cindy poussa un soupir.

— Il m'a dit qu'il ne voulait plus me voir, avoua-t-elle.

— Quoi ? s'exclama Stella. Pourquoi ne m'en as-tu pas parlé ? Qu'est-ce qui s'est passé ?

— Je ne sais pas. Tout avait l'air de marcher plutôt bien…

— Il t'a donné une raison ? coupa Stella.

Cindy déglutit.

— Non. En fait, ça s'est passé assez bizarrement. On était en train de discuter quand soudain il a dit :

« Il ne faut pas que ça se reproduise. » Puis il s'est levé et il est parti. Depuis, je n'ai pas de nouvelles.

— Qu'est-ce qui ne doit pas se reproduire ? demanda Jonathan.

— Je ne sais pas, il ne m'a pas donné d'explication. Je ne comprends rien à cette histoire. Peut-être a-t-il simplement décidé qu'il ne voulait pas s'engager avec une... handicapée, suggéra Cindy, les yeux brillants de larmes.

— Ou avec personne, rectifia rapidement Stella.

— Peut-être qu'il s'est rendu compte qu'il n'était qu'un nase, ajouta Jonathan.

— Jonathan, s'il te plaît ! le réprimanda Cindy. Je ne veux pas que tu dises du mal de lui.

Il poussa un soupir, agacé.

— Vraiment, je ne vois pas ce que tu lui trouves. Surtout après ce qu'il t'a fait à Fear Street.

— Ça, c'est vrai ! renchérit Stella. Je serais folle de rage si un garçon me traitait de cette façon.

— Mais il peut être tellement gentil, protesta Cindy. Et tellement drôle aussi ! J'adore discuter avec lui. Et puis, à d'autres moments...

— À d'autres moments... ?

— Je ne sais pas. J'ai l'impression que c'est quelqu'un d'autre... Comme le jour où on m'a poussée sur la route.

— On t'a poussée sur la route ! s'exclama Jonathan, horrifié. Pourquoi tu n'en as pas parlé ?

— Qu'est-ce qui s'est passé ! s'écria Stella. Tu n'as rien eu ?

Cindy secoua la tête.

— Et Brad, qu'est-ce qu'il faisait là ?

— Il était sur le trottoir d'en face. Il a couru vers moi dès qu'il m'a vue tomber. Quand je lui ai demandé s'il avait vu celui qui m'avait poussée, il m'a affirmé qu'il n'y avait personne.

— Et alors ? Peut-être que tu as trébuché, suggéra Stella.

— C'est ce que m'a dit Brad. Mais je suis sûre qu'on m'a poussée. Et si Brad était en face, il a obligatoirement tout vu... Je ne comprends pas pourquoi il m'a menti.

Jonathan lâcha un soupir.

— Eh bien ! C'est encore pire que ce que je croyais. Décidément, tu es mieux sans ce type dans les parages !

— Jonathan a raison, fit Stella d'un ton ferme. De toute façon, ce mec doit être complètement fou. Sinon, il ne t'aurait pas abandonnée dans cette maison.

— Mais il est tellement génial par moments, soupira Cindy. Je l'aimais vraiment beaucoup...

— Tu t'es bien amusée, ma chérie ? demanda Mme Fox en entendant sa fille rentrer.

— Oui, cria Cindy depuis l'entrée.

Elle accrocha sa veste au portemanteau et rejoignit ses parents au salon.

— On a regardé deux films, déclara-t-elle.

Elle aurait bien aimé parler de Brad à ses

parents. Mais elle les connaissait suffisamment pour deviner leur réaction : la même que celle de Stella et Jonathan. Et elle n'avait pas envie de s'entendre conseiller une fois de plus d'oublier Brad !

— On a une mauvaise nouvelle, annonça sa mère. L'hôpital a appelé pour nous prévenir que ta grand-mère venait de se casser deux côtes en tombant.

Cindy tressaillit.

— Oh non ! C'est grave ?

— Non, la rassura son père. Elle souffre un peu, mais les médecins pensent qu'elle se remettra rapidement. Elle doit rentrer chez elle demain.

— À ce propos, nous passerons probablement la voir plusieurs soirs après le travail, déclara Mme Fox.

— Vous lui direz que je pense très fort à elle.

— Bien sûr, fit M. Fox. Tante Jo a proposé que tu viennes chez elle pendant notre absence. Ou elle peut venir ici, si tu préfères…

Cindy se crispa.

— Ce n'est pas la peine. Je peux me débrouiller seule.

— Je sais, répondit sa mère, mais… je veux dire qu'on risque de rentrer vraiment tard.

— Ça ne me dérange pas de rester seule, décréta Cindy en s'efforçant de dissimuler son agacement.

Jusqu'à quand ses parents continueraient-ils à la traiter comme si elle avait cinq ans ?

— Tu en es certaine ? insista sa mère.

— Puisque je te le dis. D'ailleurs, il ne s'agit que de quelques heures, ce n'est rien… Bon, je suis morte. Je vais me coucher. Salut.

Elle sortit de la pièce, puis se ravisa et revint sur ses pas pour demander :

— Je n'ai pas reçu de coup de fil ?

— Non, répondit sa mère.

Mme Fox parut hésiter, avant de reprendre d'un ton inquiet :

— Tu es sûre que ça va, Cindy ? Il n'y a rien dont tu veuilles me parler ?

De toute évidence, elle sentait que quelque chose clochait.

— Tout va bien, affirma Cindy. Je me sens juste un peu fatiguée… Merci quand même. Bonne nuit.

Une fois dans sa chambre, elle se laissa tomber sur son lit avec un long soupir. Tout le monde ne demandait qu'à l'aider ! Jonathan, Stella, ses parents… Ils voulaient tous son bien.

Et pourtant ils ne pouvaient rien pour ellc. Elle seule pouvait s'efforcer d'oublier Brad. Mais combien de temps cela lui prendrait-il ?

Il avait fallu plusieurs semaines pour que les os se ressoudent, la fois où elle s'était cassé le bras en tombant. Même maintenant, elle ressentait encore une légère douleur de temps en temps. Est-ce que ce serait pareil avec Brad ?…

Elle commençait à s'endormir, quand une série de claquements secs l'incitèrent à se redresser. Ça venait de l'extérieur, comme si une branche frappait contre la fenêtre. À moins que ce soit un écureuil... ou autre chose...

Quelqu'un n'avait-il pas déjà pénétré dans sa chambre ?

Décidée à en avoir le cœur net, elle se leva et s'approcha de la fenêtre ouverte. La nuit était douce et silencieuse. Elle inspira avec délices le parfum de l'herbe humide, puis tendit le bras pour fermer la fenêtre.

Elle poussa un hurlement quand une main lui enserra le poignet.

11

Cindy tenta de dégager son poignet, mais l'intrus la maintenait fermement.

— Lâchez-moi ! cria-t-elle, paniquée, en sentant qu'il la tirait vers lui.

La moitié du corps dans le vide, elle s'agrippa de sa main libre au montant de la fenêtre.

Mais son agresseur était beaucoup trop fort pour elle. Dans sa tentative pour se retenir, Cindy se retourna un ongle sur le bois. La douleur lui fit lâcher prise.

— Papa ! Maman ! Au secours ! appela-t-elle, terrorisée, en se sentant basculer en avant.

Elle entendit des pas précipités dans le couloir. L'instant d'après, son agresseur la lâchait, si brusquement qu'elle faillit tomber en arrière. Le cœur battant à tout rompre, elle tentait de reprendre haleine quand ses parents firent irruption dans sa chambre.

— Qu'est-ce qui se passe ? Pourquoi as-tu crié ? demanda sa mère d'un ton affolé.

— Cindy ? Ça va ? renchérit son père.

La jeune fille se redressa et ferma rapidement la fenêtre, avant de répondre d'une voix tremblante :

— Oui... Tout va bien. J'ai juste fait un cauchemar. Un truc vraiment horrible... Mais ça va mieux maintenant.

Bien sûr, elle n'aurait pas dû mentir. Après tout, quelqu'un venait d'essayer de la tuer ! Sans doute la même personne que celle qui l'avait menacée de mort. Mais elle savait que, si elle leur racontait la vérité, ses parents insisteraient pour l'envoyer chez sa tante Jo pendant quelques jours. Alors elle ne serait pas là pour décrocher, au cas où Brad téléphonerait...

— Tu es certaine que c'est tout ? insista sa mère, suspicieuse.

Elle plaça une main sur le front de Cindy avant de poursuivre :

— Tu n'as pas l'air fiévreuse.

— Mais non, je t'assure que tout va bien, répéta la jeune fille.

— Qu'est-ce que tu faisais près de la fenêtre ? s'étonna M. Fox.

Cindy choisit la première explication qui lui passa par la tête :

— J'étais morte de froid en me réveillant. J'en ai déduit que j'avais laissé la fenêtre ouverte.

Tout en regagnant son lit, elle poursuivit :

— Je suis désolée de vous avoir effrayés. Mais c'est fini maintenant. Vraiment.

— Tu veux que je reste là jusqu'à ce que tu t'endormes ? proposa sa mère. Ça ne me gêne pas, tu sais…

— Merci, maman, ce n'est pas la peine. Vous pouvez retourner vous coucher.

— Je vais quand même jeter un coup d'œil à cette fenêtre, marmonna M. Fox.

Cindy l'entendit ouvrir et refermer les battants.

— Tout a l'air normal, conclut-il. Je me demande com… Mais… qu'est-ce que c'est que ça ?

— Quoi ? interrogea Cindy, d'une voix un peu trop aiguë.

— Sur le parquet devant la fenêtre, répondit M. Fox.

Il marcha jusqu'à Cindy et plaça la bague dans sa main.

— Tu la reconnais ?

Elle palpa du bout des doigts l'anneau, et déchiffra les initiales gravées sur le chaton.

B.J.

Brad Jones.

Son sang se glaça dans ses veines. C'était la bague de Brad ! C'était Brad qui lui avait saisi le poignet et l'avait tirée dans le vide, quelques minutes plus tôt !

Avait-il vraiment essayé de la tuer, ou voulait-il juste l'effrayer ? Mais dans quel but ?

Décidément, elle ne comprenait rien à cette histoire.

12

— Tu sais à qui appartient cette chevalière ? insista M. Fox.

Bouleversée, Cindy resta un instant sans voix.

— C'est… euh… c'est la chevalière d'un ami.

Une fois encore, elle savait qu'elle aurait dû dire la vérité. Mais elle avait trop peur que ses parents n'appellent la police et que Brad soit arrêté, avant qu'elle ne découvre pourquoi il se conduisait d'une manière si étrange.

— On le connaît ? questionna sa mère.

— C'est Bobby, répondit-elle rapidement. Il m'a deman-dé de la garder lorsqu'il est allé à la piscine, la semaine dernière. Je l'ai mise dans ma poche et j'ai oublié de la lui rendre. Je suppose qu'elle est tombée quand je me suis déshabillée…

Elle n'aimait pas mentir à ses parents, mais elle n'avait pas le choix.

— Tu es sûre que tu ne nous caches rien ? Un engagement secret avec un garçon, par exemple… plaisanta sa mère.

Cindy se força à rire.

— Bien sûr que non, maman. Ne t'ai-je pas promis de t'avertir dès que ça arriverait ? Je sais qu'il faut vous donner le temps de préparer le mariage, se moqua-t-elle.

Rassurés, ses parents lui souhaitèrent une bonne nuit et sortirent.

Dès qu'elle se retrouva seule, Cindy reprit la chevalière sur la table de nuit et l'examina à nouveau.

B.J. C'était la bague de Brad, il n'y avait pas de doute. Ce qui signifiait…

… que la personne qui lui avait saisi le poignet à la fenêtre était obligatoirement Brad.

Mais pourquoi avait-il fait ça ? S'il ne voulait plus la voir, pourquoi venait-il chez elle ? Et surtout, que lui reprochait-il pour chercher à l'effrayer ainsi ?

Toute cette histoire n'avait aucun sens. Car, même s'il n'était pas amoureux, Brad avait beaucoup d'affection pour elle, elle en était certaine. Elle avait perçu sa tristesse et son désarroi, le jour où il avait déclaré qu'il ne voulait plus la voir.

À moins que Jonathan et Stella aient raison : qu'il soit simplement fou… et très dangereux.

Le lendemain midi, Cindy suivit ses deux amis jusqu'à la pizzeria la plus proche du lycée. Non qu'elle en eût très envie, mais ils se donnaient tant de mal pour lui remonter le moral qu'elle ne se sentait pas le courage de les décevoir.

— Alors, comment s'est passée cette première assemblée des lycéens ? demanda Jonathan dès qu'ils eurent commandé.

— Sympa. Je me suis plutôt bien amusée, répondit Stella. On a pas mal de projets pour le bahut. Mais pourquoi vous ne vous êtes pas inscrits, vous aussi ? Je suis sûre que ça vous plairait.

— Je n'ai pas d'assez bonnes notes, rappela son ami.

— Et toi, Cindy ? Avec tes résultats, tu ne risques pas d'être refusée. Tu peux encore proposer ta candidature, tu sais.

Cindy grimaça.

— Ça ne me dit rien.

— Tu as tort. On organise plein d'activités amusantes…

— Voilà la pizza ! annonça Jonathan.

Un parfum de poivrons chauds, de champignons et de sauce tomate monta aux narines de Cindy. En temps normal, elle adorait la pizza aux champignons. Mais aujourd'hui, elle n'avait pas faim.

Le grincement métallique d'un couteau sur le plat lui indiqua que Jonathan coupait la pizza. Il plaça une assiette devant elle.

— Ta part, dit-il. Et voici la tienne, Stella… Tout le reste est pour moi.

— Ben voyons ! se moqua Stella. Si on te laissait faire, tu serais bien capable de tout manger. Dépêche-toi, Cindy, il ne va rien nous laisser…

— Aïe ! Je me suis brûlé ! s'exclama Jonathan.

— Bien fait ! T'as qu'à être un peu moins pressé. Tu ne manges pas, Cindy ?

Celle-ci secoua la tête.

— Je n'ai pas faim.

— Eh ! On va te ramasser à la petite cuillère si ça continue, grommela Jonathan. Tu ne veux pas essayer de t'amuser un peu ?

— Ce que tu peux être nul, parfois ! commenta Stella en levant les yeux au ciel. Dire à quelqu'un qui déprime de s'amuser, c'est à peu près aussi intelligent que de demander à un homme petit de devenir grand.

— N'empêche que ça fait une semaine que Cindy traîne sa tête de chien battu, protesta Jonathan. Je veux bien faire semblant de ne rien remarquer, mais il y a des limites !

— Ne parle pas d'elle comme si elle n'était pas là, gronda Stella.

Pressant gentiment l'épaule de Cindy, elle ajouta :

— Tu as envie d'en parler ?

Cindy secoua la tête.

— C'est à cause de Brad ? insista son amie.

Cindy ne répondit rien. Elle n'avait aucune envie d'entamer une nouvelle conversation sur Brad.

— Quand lui as-tu parlé pour la dernière fois ? questionna Jonathan.

— Le jour où il m'a dit qu'il préférait arrêter, à la cantine, soupira Cindy. Je n'ai pas eu de nouvelles depuis.

— Ah ! Alors tu ne sais pas que…

— Jonathan ! coupa vivement Stella.

Cindy plissa le front, intriguée.

— Qu'est-ce qu'il y a, Jonathan ? Qu'est-ce que je devrais savoir ?

— Il a quitté le lycée.

— Quoi ? ! Mais... quand ?

— Je ne sais pas, répondit Jonathan. Je l'ai appris ce matin.

— C'est aussi bien comme ça, décréta Stella. Je sais qu'il comptait pour toi, Cindy, mais ce garçon était vraiment trop bizarre.

— Sans doute... acquiesça Cindy.

Mais son ton manquait de conviction. D'ailleurs, comment aurait-elle pu l'oublier ? Ils allaient tellement bien ensemble ! Il adorait la musique et comprenait mieux que personne ce qu'elle ressentait en tant qu'aveugle.

Plongée dans ses réflexions, elle entendit la porte vitrée du restaurant claquer violemment contre le mur. L'instant d'après, Jonathan lui saisit la main et la serra si fort qu'elle sentit ses ongles courts s'enfoncer dans sa chair.

— Que se passe-t-il ? demanda-t-elle.

— Plus personne ne bouge ! hurla alors une voix rauque depuis l'entrée de la pizzeria. C'est un hold-up !

13

— Je ne plaisante pas ! poursuivit la voix. Maintenant, écoutez-moi bien…

Cindy entendit des raclements de chaise, puis des pas précipités vers la porte.

— J'ai dit : pas un geste ! aboya la voix.

Les pas s'arrêtèrent immédiatement. Un silence lourd tomba sur la salle.

— C'est une blague, hein ? murmura Cindy à ses compagnons.

— Chut ! fit Jonathan. Ce type n'a vraiment pas l'air de rigoler. Il a un flingue dans la main, et un masque sur le visage.

— Si vous êtes gentils et si vous faites ce que je dis, tout se passera bien, promit l'homme. Toi, là-bas, poursuivit-il à l'adresse du serveur, vide la caisse dans un sac et apporte ça ici… Allez, je n'ai pas la journée devant moi !

Cindy entendit quelqu'un courir vers le comptoir, ouvrir le tiroir-caisse et vider son contenu dans un sac plastique.

— J'y crois pas ! murmura Stella.

— La ferme ! hurla le voleur. Maintenant, videz tous le contenu de vos poches et de vos sacs sur les tables. Retirez vos montres et vos bijoux aussi. Grouillez-vous !

Médusée, Cindy ne réagit pas. Autour d'elle, des fermetures Éclair s'ouvraient, des bijoux cliquetaient, des pièces roulaient sur les tables en Formica. Stella renifla.

— Plus vite que ça ! cria l'homme. Tout le monde !

— Cindy ! chuchota Jonathan. Toi aussi...

D'une main tremblante, la jeune fille ôta ses boucles d'oreilles et sa montre en braille, qu'elle posa devant elle. Puis elle chercha son sac sur la chaise voisine. Sans succès. Pensant qu'il avait glissé à terre, elle se pencha vers le sol.

— Je vous ai dit de vous grouiller ! brailla la voix. Je ne vais pas camper ici ! Eh toi, la brune, qu'est-ce que tu fiches ?

— Cindy, c'est à toi qu'il parle, murmura Stella.

Sans cesser de tâtonner, Cindy répondit :

— Je cherche mon sac.

— T'as pas besoin de ramper sous la table pour ça ! Sers-toi de tes yeux !

Cindy continua à chercher fébrilement, consciente que le voleur risquait de devenir fou si elle ne trouvait pas rapidement son sac.

— Je t'ai dit de te relever !

— Elle ne peut pas voir ! hurla alors Jonathan. Elle est aveugle !

Dans sa rage, il s'était levé de sa chaise.

— Assis ! brailla le voleur.

— J'essaie juste de vous expliquer…

— La ferme !

Cindy sentit la bandoulière de son sac sous ses doigts. Elle allait la saisir quand elle entendit un déclic, puis une explosion assourdissante.

Jonathan émit un petit cri surpris, avant de s'écrouler sur elle.

Les oreilles de Cindy se mirent à bourdonner. En face d'elle, Stella poussa un hurlement d'horreur qui lui sembla étrangement sourd et lointain.

— Il lui a tiré dessus, hurlait Stella. Il a tué Jonathan !

14

Le corps de Jonathan pesait lourdement sur Cindy.

— Vous l'avez tué ! cria quelqu'un.

Elle eut un long frisson. Jonathan était-il vraiment mort ? D'une main tremblante, elle chercha le visage de son ami, toucha son front couvert de sueur.

— Il respire ? demanda Stella.

— Je ne sais pas, répondit Cindy en approchant ses doigts des lèvres de Jonathan.

— Je vous tuerai tous si vous ne faites pas ce que je vous dis ! hurla le voleur. Toi, la fille en rouge ! Prends ce sac ! Fais le tour de la salle et ramasse ce qu'il y a sur les tables.

— Moi ? fit une petite voix tremblotante.

Cindy reconnut la voix d'Ann, une fille de sa classe.

— Oui, toi ! répondit l'homme. Vite !

Cindy posa sa main sur la bouche de Jonathan… et poussa un soupir de soulagement en percevant un souffle contre sa paume.

— Il respire encore ! murmura-t-elle à Stella.

Comme s'il l'avait entendue, Jonathan émit un faible gémissement. Elle se pencha au-dessus de lui.

— Où es-tu blessé ? chuchota-t-elle.

Mais son ami ne répondit pas. Elle sentit un liquide tiède et gluant couler le long de son avant-bras... Du sang ! Le sang de Jonathan !

— Grouille-toi ! cria le voleur d'une voix bizarrement suraiguë.

Cindy comprit que lui aussi avait peur. S'il cédait à la panique, le pire pouvait arriver.

— Il n'y a plus qu'une table, bredouilla Ann.

« Vite... Vite ! » supplia silencieusement Cindy, consciente que chaque minute comptait. Si on ne le conduisait pas rapidement à l'hôpital, Jonathan risquait de se vider de son sang. Elle tenta d'endiguer le flot visqueux en plaçant un paquet de serviettes en papier sur la blessure. Le papier fut détrempé en quelques secondes.

« Mon Dieu ! Il saigne tellement ! » songea-t-elle, affolée.

Jetant les serviettes, elle prit sa veste sur le dossier de sa chaise pour la presser contre la plaie.

Soudain, des sirènes retentirent au loin. La police ! Un passant avait dû les prévenir.

— Tiens bon, Jonathan, murmura-t-elle. Dans quelques minutes, tout sera fini. On va te conduire à l'hôpital. Ils te sortiront de là, tu verras. Je te le promets...

— Donne-moi ça ! beugla le voleur.

L'instant d'après, Cindy l'entendit courir vers la porte. Puis il y eut un grand fracas, suivi du bruit métallique d'un plateau rebondissant sur le carrelage.

— J'ai le revolver ! cria quelqu'un.

— Qu'est-ce qui se passe ? demanda Cindy.

— Deux types viennent de renverser une table pour l'arrêter, expliqua Stella. L'un d'eux s'est emparé de son arme... Il va lui enlever son masque !

— Brad ! s'exclama un client. C'est Brad Jones !

15

Il y eut un choc mat, puis un cri de douleur.

— Brad leur a échappé ! s'exclama Stella.

Suivirent des pas précipités, des cris…

— Arrêtez-le ! hurla un homme.

Cindy sentit le voleur passer près d'elle en courant. L'instant d'après, la porte donnant sur la cour claquait violemment.

— Il a réussi à s'enfuir, fit Stella avant de s'écrier d'un ton affolé : Mon Dieu ! Jonathan est en train de perdre tout son sang !

Cindy serra un peu plus fort sa veste contre la blessure de son ami.

— Je sais, répondit-elle. Ça coule sans arrêt. Je n'arrive pas à stop…

Elle s'arrêta net en entendant la porte d'entrée s'ouvrir d'un coup sec.

— C'est la police ! lui indiqua Stella, une pointe de soulagement dans la voix. Notre ami est blessé. Appelez une ambulance. Vite !

Cindy entendit les policiers se précipiter dans sa direction.

— Ne t'en fais pas, ils vont te sortir de là, murmura-t-elle en se penchant au-dessus de Jonathan. Tout va bien se passer, maintenant…

Elle ignorait s'il l'entendait, mais elle avait besoin de lui parler, de se convaincre qu'il était toujours vivant.

Soudain, quelqu'un tira la table devant elle et souleva Jonathan, qui poussa un faible gémissement. Le cœur de Cindy bondit dans sa poitrine. Au moins, son ami n'avait pas perdu connaissance ! Si tout se passait bien, il arriverait à temps à l'hôpital.

— L'ambulance sera là dans une seconde, annonça un officier de police.

— Vous pensez que c'est grave ?

— Il a perdu beaucoup de sang, mais à première vue la balle est passée au-dessus des poumons. Avec un peu de chance, il s'en tirera.

Cindy hocha la tête en priant pour que son interlocuteur ait raison.

— Je vous prie de rester à vos places ! ajouta celui-ci à l'adresse de la salle. Je sais que vous venez de vivre une terrible épreuve, mais nous devons vous poser quelques questions avant de vous laisser partir.

Sa voix dominait à peine la cacophonie ambiante. Outre les conversations affolées, on entendait des sonneries de téléphones portables dans tous les coins, et l'air grésillait des interférences des radios de la police.

Soudain, un hurlement de sirènes domina le vacarme. Cindy poussa un soupir de soulagement. Enfin, l'ambulance arrivait !

Il ne fallut que quelques secondes aux infirmiers pour installer Jonathan sur un brancard et l'emporter à toute allure vers l'hôpital.

— Ne t'inquiète pas, Cindy. Il va s'en sortir, affirma Stella d'une voix enrouée.

— Je n'arrive pas à y croire, répondit la jeune fille, les yeux emplis de larmes. Pauvre Jonathan ! C'est tellement affreux !

Autour d'elles, les policiers avaient commencé leur enquête.

— Vous étiez assis là quand le voleur a fait irruption dans le restaurant ? demandait l'un d'eux aux clients de la table voisine.

— Oui, acquiesça une fille dont Cindy reconnut la voix. On attendait l'addition… C'est bête. À cinq minutes près, on était partis.

— Que s'est-il passé exactement ?

— La porte s'est ouverte brusquement, raconta la fille d'une voix tremblante, puis un type masqué est entré avec un revolver. Il nous a ordonné de ne pas bouger et a réclamé la caisse. Ensuite, il nous a dit de mettre nos bijoux et notre argent sur les tables.

— Vous l'avez reconnu ?

— Au début, non. Mais quand les deux hommes ont réussi à lui ôter son masque, j'ai tout de suite vu que c'était Brad Jones.

Cindy tressaillit. Ainsi, elle avait bien entendu

tout à l'heure... Plusieurs personnes dans la salle avaient reconnu Brad ! Pourtant...

Elle se remémora chaque détail de l'attaque, se répéta chaque phrase dite par le voleur. Il avait une voix rauque, hachée. Elle entendit une nouvelle fois le cri surpris et douloureux de Jonathan, avant qu'il ne s'effondre sur elle. Puis les dernières paroles de l'homme qui avait tiré sur lui. Elle se souvint de son parfum lorsqu'il était passé près de leur table en s'enfuyant. Il sentait la citronnelle. Rien à voir avec le délicat mélange de cuir et de feuilles mortes qu'elle aimait tant...

Non, il ne s'agissait pas de Brad. Le voleur n'avait ni sa voix, ni son odeur. Elle en était certaine.

— Qui est ce Brad Jones ? continuait le policier à la table voisine. Un de vos amis ?

— Non, répondit la fille. Il est au lycée avec nous. Enfin, il y était... Je crois qu'il a laissé tomber.

— Quelqu'un d'autre a reconnu le voleur ? interrogea l'officier de police.

Un adolescent leva le doigt.

— Moi, dit-il. C'était Brad, j'en suis sûr.

— Quelqu'un d'autre ?

Trois ou quatre garçons répondirent affirmativement. Tous assuraient avoir reconnu Brad Jones.

— Vous êtes certains que c'était lui ? Pas juste quelqu'un lui ressemblant ? insista le policier.

Stella se tortilla sur sa chaise avant d'affirmer :

— C'était lui. Je l'ai croisé plusieurs fois au lycée. Il n'y a pas d'erreur possible.

Cette fois, c'en était trop ! Prenant une profonde inspiration, Cindy se lança :

— Excusez-moi...

Elle sentit les regards se tourner vers elle.

— Je crois qu'ils se trompent, poursuivit-elle, mal à l'aise. Ce n'était pas Brad.

— Ah bon ? s'étonna l'un des policiers. Tous les autres témoins l'ont reconnu, pourtant. Comment pouvez-vous être aussi sûre de vous ?

— Je ne l'ai pas vu, reconnut Cindy. Je suis... aveugle. Mais je sais une chose : ce n'était pas sa voix.

— Sa voix ? répéta le policier, sceptique.

— Je reconnais les gens à leur voix, comme vous les reconnaissez à leur visage. C'est ce qui me permet de les différencier. Par exemple, je peux vous dire que la fille à qui vous parliez à l'instant s'appelle Ann Johnson.

— Tu as raison, intervint Ann. C'est bien moi.

— Je comprends, répondit le policier, dubitatif. N'empêche que tous les autres ont *vu* le voleur. Et personne ne semble douter de son identité.

— Il y a autre chose, insista Cindy, malgré son embarras.

Elle savait que certains riraient en entendant la suite, mais elle n'avait pas le choix. Elle le devait à Brad.

— Quand le voleur est passé près de moi, j'ai senti son odeur. Ce n'était pas celle de Brad.

Elle ne s'était pas trompée : des ricanements fusèrent de différents coins de la salle.

— Je sais que ça a l'air stupide, reprit-elle, mais je vous jure que je ne me trompe pas. Le voleur n'était pas Brad Jones.

— Euh... je comprends, répéta le policier d'un ton gêné. Merci pour votre témoignage. Il sera pris en considération, au même titre que les autres.

Mais Cindy savait qu'il mentait. En fait, il avait déjà oublié son intervention et lançait par radio l'ordre d'arrêter le dénommé Brad Jones. Que valait la parole d'une aveugle contre celle de cinq ou six témoins visuels ?

Brad allait se retrouver accusé d'un crime qu'il n'avait pas commis.

16

Trop bouleversée pour rentrer chez elle, Cindy décida de passer la soirée chez Stella. Assises sur le lit, les deux amies attendaient impatiemment l'appel de la mère de Jonathan, qui avait promis de téléphoner dès qu'elle aurait des nouvelles.

— Dire que c'est à cause de moi ! se lamenta une fois encore Cindy. S'il n'avait pas cherché à me défendre...

— Arrête de culpabiliser. Tu n'y es pour rien, lui rappela gentiment Stella.

— Mais si ! J'aurais dû être plus rapide. Si ce maudit sac n'avait pas glissé...

Stella haussa les épaules.

— Je suis sûre que ça n'aurait rien changé. Brad est fou...

— Ce n'était pas Brad ! s'exclama Cindy d'un ton agacé.

Son amie la contempla, abasourdie.

— Comment peux-tu encore dire une chose pareille ! Je l'ai vu de mes propres yeux. Et je ne suis pas la seule. Une dizaine de personnes l'ont reconnu.

— C'est ce que vous croyez, mais moi je sais que vous vous trompez. Ce que vous avez vu, c'est quelqu'un qui *ressemblait* à Brad.

— Cindy... Brad a tiré sur Jonathan. Je ne comprends pas pourquoi tu continues à le défendre !

— Je le défends parce qu'il est innocent ! rétorqua Cindy.

Avec un soupir de découragement, elle s'appuya contre l'oreiller et ferma les yeux. De toute façon, elle ne convaincrait jamais son amie ! Stella avait beau la connaître depuis des années, elle ne comprenait toujours pas que le fait d'être non-voyante ne l'empêchait pas de percevoir le monde aussi précisément que les autres... et parfois davantage.

La sonnerie du téléphone la fit sursauter.

— Allô ? dit Stella, avant de chuchoter : C'est Mme Maddox.

« Mon Dieu ! Faites que Jonathan n'ait rien de grave », supplia silencieusement Cindy.

Son cœur bondit dans sa poitrine en entendant son amie s'écrier :

— C'est génial ! Merci de nous avoir prévenues. Au revoir, madame Maddox... Jonathan va s'en sortir ! cria Stella après avoir raccroché. La balle n'a touché aucun organe vital, et les médecins pensent qu'il pourra rentrer chez lui d'ici deux ou trois semaines.

— Je suis tellement contente ! s'exclama Cindy.

S'il lui était arrivé quelque chose de grave, je ne me le serais jamais pardonné.

— Sa mère dit qu'on pourra lui rendre visite ce week-end.

— J'ai hâte de lui parler !

— Moi aussi, renchérit Stella. C'est la première fois que je vois quelqu'un se faire tirer dessus.

— Ça fait un drôle d'effet… À propos, merci de m'avoir invitée ce soir. Après ce qui s'est passé, je ne m'imaginais vraiment pas rester seule toute la soirée.

— À quelle heure rentrent tes parents, déjà ?

— Pas avant onze heures. Ils doivent aller voir ma grand-mère.

— Tu vas leur raconter ce qui s'est passé ?

— Bien sûr. Mais je suppose qu'ils auront déjà entendu les nouvelles à la télé.

— Je ne parle pas du braquage, mais de Brad, précisa Stella. Tu vas leur dire ce qu'il y avait entre vous ?

— Il n'y a jamais rien eu entre Brad et moi, se défendit vivement Cindy.

— Mouais, si on veut… commenta son amie, sceptique. Enfin, je suppose qu'on va bientôt l'arrêter…

Cindy poussa un lourd soupir.

— Le pauvre ! Il ne doit même pas savoir que la police le recherche.

Stella écarquilla les yeux d'incrédulité.

— Tu plaisantes ou quoi ! Bien sûr qu'il le sait ! Après avoir braqué la pizzeria et tiré sur Jonathan, que veux-tu qu'il espère d'autre ?

Comme si elle n'avait rien entendu, Cindy déclara d'une voix ferme :

— Je dois le prévenir !

— Quoi ? !

— On ne peut pas laisser la police le rechercher sans même qu'il soit au courant. Il faut que je l'avertisse.

L'avertir ? Stella n'en croyait pas ses oreilles !

— Qu'est-ce que tu veux faire, exactement ? demanda-t-elle. Lui donner le temps de s'échapper ?

— Non, mais au moins de se préparer...

— Se préparer à quoi, puisqu'il est innocent ? railla Stella.

Cindy poussa un soupir.

— Je ne sais pas, reconnut-elle. Mais je sens que je dois l'aider... Je vais devenir folle si je ne fais rien.

— Tu ne sais même pas où il habite.

— Mais je sais qu'il travaille au conservatoire tous les soirs. Je peux le joindre là-bas. Tu m'y conduis ?

Stella secoua la tête, médusée.

— Maintenant ? Tu délires ! D'ailleurs, le conservatoire est fermé à cette heure-là.

— Puisque je te dis que Brad y travaille ! insista Cindy. Tu dois m'emmener. C'est mon seul espoir de le trouver avant la police.

— Cindy, je t'en prie, redescends sur terre, fit Stella du ton grave et posé d'une mère tentant de raisonner son enfant. Tu es une fille intelligente, non ? Alors pourquoi deviens-tu stupide dès qu'il s'agit de Brad ?

En guise de réponse, Cindy fronça les sourcils et répéta, butée :

— Je dois l'aider !

— Non, tu ne dois pas l'aider ! explosa son amie. Brad est un voleur ! Il a failli tuer Jonathan ! Ce qu'il peut arriver de mieux, c'est que la police le mette sous les verrous !

Cette fois, Cindy ne répliqua même pas.

— Tu as reconnu toi-même que Brad était bizarre par moments, reprit Stella plus calmement. Tu te souviens de ce coup de fil étrange, le soir de votre rencontre ? Et la manière dont il t'a abandonnée dans cette maison de Fear Street ?

— Tu ne comprends pas, Stella. Tu penses que je défends Brad parce que je suis amoureuse de lui. C'est faux. Je le défends parce que je *sais* qu'il est innocent.

Stella eut un geste agacé.

— De toute façon c'est non, dit-elle. Je ne te conduirai pas là-bas.

— Très bien. Dans ce cas, j'irai seule.

— Ah oui ? Et comment ?

— En prenant le bus ou en marchant, répondit Cindy avec assurance.

Stella poussa un soupir.

— O.K., tu as gagné... Je t'accompagne. Mais je continue à penser que tu fais une grave erreur.

— Presque toutes les fenêtres du conservatoire sont éteintes, indiqua Stella en garant la voiture à quelques mètres du vieux bâtiment. Il n'y a que deux ou trois salles éclairées.

— Ce sont les salles louées à des particuliers le soir, expliqua Cindy.

Après avoir essayé d'ouvrir la porte principale, sans succès, elle entraîna son amie sur le côté en déclarant :

— Il va falloir entrer par-derrière... Tu vois quelqu'un ?

— Non, répondit Stella, une fois à l'intérieur.

— Chut ! J'entends quelqu'un qui approche. C'est peut-être Brad !

— Il n'y a pers... Ah si ! C'est un vieux monsieur.

— Vous cherchez quelque chose, mesdemoiselles ?

— Bonsoir, professeur Chapman, répondit Cindy en re-connaissant la voix du vieil homme. On cherche un de mes amis qui travaille ici le soir. Brad Jones. Vous le connaissez ?

— Oui, mais il n'est pas là aujourd'hui. Je le sais car, cet après-midi, le gardien s'est plaint qu'il l'avait laissé tomber sans prévenir.

Cindy sentit sa gorge s'assécher.

— Vous êtes sûr ?

— Quasiment, répliqua le professeur. Mais le mieux serait que vous demandiez au gardien lui-même... Le problème, c'est qu'il doit être parti à cette heure-là.

— Euh... eh bien, merci, répondit Cindy d'une voix étranglée.

Stella lui prit gentiment le bras.

— Viens, rentrons maintenant.

— Je n'arrive pas à y croire, murmura Cindy en la suivant lentement vers la sortie. J'étais certaine de le trouver ici !

Son amie ne put s'empêcher d'ironiser :

— Tu avais juste oublié qu'il avait mieux à faire, après l'attaque de la pizzeria.

En guise de réponse, Cindy poussa un long soupir. Elle allait sortir du bâtiment quand, soudain, une idée lui traversa l'esprit.

— Je viens de penser à une chose ! s'exclama-t-elle en se retournant. Viens, allons jeter un coup d'œil dans le vestiaire du personnel. Son adresse est peut-être quelque part dans son casier.

— Oh non ! s'écria Stella. Ne me dis pas que tu as encore des doutes ! Pas après ce que vient de nous apprendre ton professeur…

— Cindy, s'il te plaît… ça ne nous prendra qu'une minute. Si on ne trouve rien, je te promets de ne pas insister.

— D'accord, soupira Stella. De toute façon, je n'ai pas le choix.

Elles traversèrent le couloir jusqu'au vestiaire du personnel, situé juste à côté de celui des élèves.

Cindy frappa à la porte. N'obtenant aucune réponse, elle entra dans la petite pièce. Un mélange acide de transpiration et de linge sale lui sauta aux narines.

— Je vais allumer, fit Stella en cherchant l'interrupteur. Dis donc, c'est plutôt crade ici…

— Il y a des noms sur les casiers ? demanda Cindy d'un ton anxieux. Tu vois celui de Brad ?

— Une seconde... Tiens, c'est celui-là, dit Stella en lui plaçant la main sur l'un des casiers. Il n'est pas fermé à clé.

Après une brève hésitation, Cindy leva le loquet, ouvrit la porte métallique, et tâtonna à l'intérieur. Il n'y avait qu'une chemise en carton. Elle s'en empara.

— Qu'est-ce que c'est ? demanda-t-elle en la tendant à Stella.

Elle reconnut un bruit de journal qu'on déplie.

— Alors ? insista-t-elle.

— Ce sont des coupures de journaux, répondit Stella, l'air absorbé. Elles ont été découpées dans la *Gazette de Springfield*. Ça... Oh non !

17

— Qu'est-ce qu'il y a ? s'inquiéta Cindy. Stella, qu'est-ce que tu as lu ?

— Oh, Cindy ! soupira son amie d'un ton désolé. Je ne sais pas comment te le dire, mais… ces coupures sont la preuve que tu te trompes complètement sur Brad.

— Qu'est-ce que tu veux dire ?

— Écoute un peu ça : « L'enquête sur la nouvelle série d'attaques à main armée du quartier sud progresse. La police recherche actuellement un élève de terminale du lycée Dewey… »

— Il y a un nom ?

— Pas dans cet article, mais dans le suivant, répondit Stella avant de reprendre sa lecture : « Un lycéen de Dewey arrêté dans l'affaire des vols du quartier sud ! Ce matin, la police a arrêté un élève boursier du lycée Dewey, suspecté d'être à l'origine des attaques à main armée qui ont eu lieu dans le quartier sud en février. Appréhendé chez lui, le jeune Jones s'est rendu sans résistance, mais continue à clamer son innocence. »

Cindy se laissa tomber sur le banc, à côté des casiers.

— C'est impossible ! Je n'arrive pas à y croire ! fit-elle d'une voix brisée.

— Ce n'est pas fini, précisa son amie. D'après d'autres articles, Brad serait aussi responsable de vols chez des particuliers.

— Mais s'il a été arrêté à Springfield, comment a-t-il pu venir à Shadyside ? s'étonna Cindy.

Elle entendit son amie feuilleter les différents articles avant d'annoncer :

— C'est ici. Ils disent que Brad a été libéré sous caution parce qu'il n'avait pas d'antécédents judiciaires. Il a disparu de Springfield juste avant la rentrée de septembre.

Cindy était effondrée. Elle avait l'impression de nager en plein cauchemar... Et pourtant toute cette histoire était bien réelle, elle ne pouvait plus en douter.

— Comment ai-je pu me tromper à ce point ? se lamenta-t-elle. D'habitude, je reconnais parfaitement les voix et les odeurs.

Stella chercha à la consoler.

— Tu es amoureuse de Brad. Tu refusais de le croire capable d'une chose pareille.

— En d'autres termes, je me suis conduite comme une idiote.

— Non. Tu as juste cru ce que tu avais envie de croire... Tout le monde fait pareil, un jour ou l'autre.

— Ouais. La fameuse histoire de l'amour aveugle, lança Cindy avec un ricanement amer. On rentre ?

Cindy venait de se coucher lorsqu'elle entendit ses parents rentrer. Son premier réflexe fut de lire l'heure sur sa montre en braille… avant de se souvenir qu'on la lui avait volée — qui, *on* ? Brad ? — quelques heures plus tôt.

Sa mère frappa à la porte de sa chambre.

— Cindy ?… Tu dors ?

Pendant un bref instant, elle faillit répondre. Ce serait tellement bon de se soulager auprès de ses parents ! Mais pour quoi faire ? Les inquiéter ? De toute façon, ils seraient d'accord avec Stella et la police. Ils croiraient ce que les gens avaient *vu*. Personne ne comprenait combien ses autres sens étaient développés. Personne, sauf Brad…

Sa mère venait de s'éloigner à pas de loup, quand le téléphone de sa chambre sonna.

Elle sauta sur le combiné.

— Allô ?

— Cindy… ?

Le cœur de la jeune fille s'emballa.

— B… Brad ?

— Je suis désolé de t'appeler aussi tard, mais je devais te parler.

— Brad, la police…

— Je sais, coupa le garçon. J'ai appris pour l'attaque de la pizzeria. Je sais qu'ils me soupçonnent… J'aurais dû me douter que ça finirait ainsi.

— Qu'est-ce que tu veux dire ?

Brad ne répondit rien. Était-il en train de se demander jusqu'où il pouvait lui faire confiance ?

— Brad ?... Tu es toujours là ?

— Oui. Excuse-moi. J'espère qu'un jour je pourrai tout te raconter, mais pour l'instant je veux juste que tu saches que je suis innocent.

— C'est ce que j'ai dit à la police, mais...

— Les apparences sont contre moi, je sais, soupira-t-il. Et j'ai bien peur que les choses n'empirent encore. Mais, quoi qu'il arrive, je veux que tu saches que je n'ai rien fait... Tu me crois, Cindy ?

— Oui.

— Je dois te laisser maintenant. Je ne peux pas te dire quand, mais je promets de te rappeler le plus tôt possible.

Des dizaines de questions se bousculaient dans la tête de Cindy. Pourtant, elle répondit simplement :

— D'accord.

— Une autre chose, Cindy. Très importante.

— Oui ?

— Je ne sais pas comment te le dire, mais... il risque de se passer des choses bizarres au cours des prochains jours. Je ne peux pas être plus précis, mais... tu dois être prudente. Très prudente.

Il raccrocha.

18

— On va bientôt partir ! annonça Mme Fox depuis le seuil de la cuisine. Tu ne veux vraiment pas nous accompagner ?

Cindy se redressa sur son transat dans le jardin.

— Ç'aurait été avec plaisir, maman, mais j'ai une tonne de devoirs. Dis à grand-mère que je pense bien à elle et embrasse-la de ma part.

— Je n'y manquerai pas. Mais…

Mme Fox marqua une pause, hésitante.

— Tu sais, ça ne nous plaît pas trop de te laisser toute seule ici après cette attaque, lâcha-t-elle finalement.

— Maman ! soupira Cindy. L'attaque a eu lieu dans une pizzeria à l'autre bout de la ville. Qu'est-ce que le voleur viendrait faire chez nous ?

— Tu as probablement raison, mais fais attention tout de même. Et si tu as besoin de quoi que ce soit, n'hésite pas à appeler tante Jo.

Cindy eut un sourire attendri.

— Promis.

— On sera rentrés avant dix heures.

— D'accord. Ne vous pressez pas pour moi, surtout. Si je suis trop fatiguée, je monterai me coucher.

Après avoir écouté le bruit du moteur décroître, Cindy se laissa retomber dans la chaise longue. Finalement, elle s'en était bien sortie ! Elle avait vraiment eu peur, à un moment, que ses parents ne l'obligent à les accompagner... Et il était hors de question qu'elle sorte de chez elle, tant que Brad n'aurait pas rappelé...

Avec un petit soupir d'aise, elle renversa la tête en arrière. Comme c'était bon de sentir la caresse du soleil sur sa peau ! Dommage qu'elle ne puisse se contenter de rêvasser et de prendre un bain de soleil ! Car elle n'avait pas menti : elle avait vraiment beaucoup de devoirs.

Malgré son manque d'enthousiasme, elle ramassa son magnétophone sur l'herbe à côté d'elle et enclencha la cassette à l'intérieur.

— Les fleuves et la conquête de l'Ouest, annonça une voix fluette. Au nord du continent américain, la plupart des grands fleuves coulent du nord au sud. Aux États-Unis, le système fluvial du Mississippi comprend le Missouri...

Cindy arrêta la cassette, la rembobina, et remit le magnétophone en marche. Pour s'aider à se concentrer, elle prit une carte topographique et commença à suivre du bout des doigts le trajet des fleuves cités.

Trente secondes plus tard, son esprit était déjà ailleurs. Pourtant, la géographie faisait partie de ses matières préférées. Mais, aujourd'hui, elle explorait surtout celle de la lune !

Comprenant qu'elle n'arriverait à rien de bon, elle décida d'arrêter la leçon et de profiter du soleil. Après tout, c'était une trop belle journée pour travailler. Une journée comme Brad devait les aimer… Elle imagina le garçon à ses côtés dans le jardin, et prit conscience qu'il n'était pas encore venu chez elle. Après ce qui s'était passé, il n'y viendrait peut-être jamais…

Où se trouvait-il en ce moment ? Avait-il quitté Shadyside pour échapper à la police ? Peut-être se cachait-il dans une grande ville où personne ne risquait de le reconnaître. Peut-être ne le reverrait-elle plus…

Mais il avait promis de la rappeler. Il avait dit qu'il téléphonerait dès que possible, et lui avait demandé de croire à son innocence.

Et elle y croyait. Elle avait la certitude qu'il n'était pas l'homme qui avait attaqué la pizzeria. En revanche, elle devait bien s'avouer qu'elle ne comprenait rien à son étrange comportement…

Elle glissa une main dans sa poche, et sortit la chevalière que son père avait ramassée sur le parquet de sa chambre.

Est-ce que c'était vraiment Brad qui avait tenté de s'introduire chez elle cette nuit-là ? Si c'était le cas, que voulait-il ? Lui faire du mal ? Dans quel but ?

Lassée de se poser toujours les mêmes questions, Cindy remit le magnétophone en route. Quitte à se prendre la tête, autant apprendre sa leçon sur les fleuves !

Un craquement dans son dos la fit tressaillir. Inquiète, elle arrêta la cassette et tendit l'oreille.

Le jardin était silencieux. Sans doute une noisette tombée d'un arbre.

Elle réenclencha le magnétophone... et l'arrêta de nouveau en percevant d'autres craquements. Quelqu'un marchait sur l'herbe sèche.

— Qui est là ? demanda-t-elle, en espérant qu'il s'agissait du voisin. Monsieur Bevelman... c'est vous ?

Aucune réponse. Les pas ne s'étaient pas rapprochés, mais tournaient autour du jardin. Il y eut un bruit de traction.

Cindy sentit son estomac se contracter.

— Qui est là ? répéta-t-elle. S'il vous plaît, répondez ! Je suis aveugle.

Les pas s'arrêtèrent, mais elle n'obtint toujours pas de réponse. Peut-être s'agissait-il d'un chat ou d'un chien.

— Vous êtes encore là ? demanda-t-elle cependant.

Silence.

— Ce n'est pas drôle, lança-t-elle en rangeant son magnétophone et sa carte dans son sac, avant de se lever. Je vous préviens, je vais rentrer. Si vous désirez me parler, je vous conseille de le faire maintenant, ajouta-t-elle d'un ton faussement assuré.

Comme à chaque fois qu'elle sortait dans le jardin, elle n'avait pas pris sa canne. Elle suivit le chemin pavé jusqu'à la terrasse, puis tendit le bras vers le rail que son père avait installé des années plus tôt pour la guider jusqu'à la porte d'entrée. Elle ne le trouva pas.

Elle s'arrêta, surprise. S'était-elle trompée ? Pour éviter toute erreur, elle retourna à la chaise longue et refit le chemin. Quand elle atteignit l'endroit où elle s'attendait à trouver le rail, sa main ne rencontra, une fois encore, que le vide…

Les bras tendus en avant, elle avança vers la droite, à la recherche d'un point de repère. Mais la table et les chaises de jardin avaient disparu, elles aussi.

Son cœur s'affola dans sa poitrine. Surtout, ne pas paniquer !

Puisqu'elle ne trouvait rien pour se guider, mieux valait se fier à son instinct. Après tout, elle avait parcouru ce jardin des centaines de fois. Elle devait bien être capable de s'y retrouver sans rail de guidage ni objets familiers.

Prenant une profonde inspiration, elle se dirigea vers ce qu'elle supposait être la maison. Soudain, sa hanche heurta quelque chose de dur, et elle trébucha.

Elle s'apprêtait à se relever quand elle perçut un halètement rapide à son côté.

19

Cindy se figea sur place, trop effrayée pour crier ou faire un geste.

Là, juste à côté, quelqu'un la regardait. Une personne dont elle ignorait tout, et qui refusait de lui répondre. Une personne qui lui voulait du mal…

Pendant un instant, la panique la submergea. Elle était à sa merci, piégée, incapable de retrouver le chemin jusqu'à sa maison ! Puis elle se raisonna, se força à trouver une solution au lieu de s'apitoyer sur son sort.

Bien sûr, elle avait perdu ses repères habituels, mais elle connaissait ce jardin par cœur. Un indice, un seul, suffirait à lui indiquer la bonne direction. Il fallait juste qu'elle le trouve…

Elle tourna la tête vers la respiration.

— Qui êtes-vous ? demanda-t-elle. Je vous entends. Que me voulez-vous ?… Vous ne me faites pas peur, ajouta-t-elle d'une voix légèrement tremblante, en commençant à tâtonner autour d'elle.

Soudain, elle reconnut la rangée de pierres plates qui traversait toute la largeur de la terrasse. En la suivant, elle arriverait à la porte de la cuisine.

Se relevant d'un bond malgré ses jambes flageolantes, elle avança droit devant elle, consciente qu'il suffirait d'un simple croche-pied pour qu'elle s'étale sur le sol.

Mais elle atteignit sans encombre les trois marches de la cuisine. Le souffle court, elle les gravit à toute allure, ouvrit la porte et la claqua vivement derrière elle, avant de fermer à double tour. Personne n'avait tenté de l'arrêter.

... Ce qui ne l'empêcha pas de se précipiter vers l'entrée principale pour vérifier que la porte était bien fermée. Puis elle inspecta les fenêtres, certaine que la personne qui avait tenté de l'effrayer l'épiait derrière les vitres. Si seulement elle avait su de qui il s'agissait !

D'une main tremblante, elle décrocha le téléphone et composa le numéro de Stella.

— Qu'est-ce qui se passe ? s'écria celle-ci dès qu'elle l'entendit. Tu as l'air paniquée !

— Il y a quelqu'un dans le jardin. Je suis sûre qu'il est en train de me regarder. Tu peux venir ?

— J'arrive tout de suite !

Cindy alluma la télévision, pour s'aider à patienter.

Une minute plus tard, Stella sonnait à la porte. Elle devait avoir couru tout le long du chemin, pour arriver aussi vite !

— Cindy, c'est moi. Ouvre !

Cindy la fit entrer, prenant soin de replacer la chaîne de sécurité derrière elle.

— Qu'est-ce qui se passe ? demanda Stella. Tu avais l'air complètement affolée au téléphone.

— Avant que je te raconte, sois sympa : regarde dans le jardin et dis-moi si tu remarques quelque chose de bizarre.

Stella s'approcha de la fenêtre.

— Non… Tout a l'air normal.

— Le rail de guidage est à sa place ?

— Comme tout le reste, répondit Stella. Pourquoi ?

D'une voix encore tremblante, Cindy expliqua à son amie ce qui s'était passé.

— C'est incroyable ! s'exclama celle-ci. Il a dû tout remettre en place…

— Sans doute.

— Cette fois, il faut que tu préviennes la police.

— Pour leur dire quoi ? protesta Cindy. Il ne m'a fait aucun mal. En plus, je ne peux même pas le décrire. Si ça se trouve, ils étaient plusieurs. Des gamins qui voulaient s'amuser à mes dépens, par exemple.

— S'amuser ! répéta Stella, incrédule. Ils sont entrés chez toi ! Ils t'ont montré qu'ils pouvaient te faire du mal !… De toute façon, là n'est pas le problème. Je suis sûre que tu sais qui c'était.

Cindy se mordit la lèvre, pensive, avant de répondre :

— J'imagine que tu veux parler de Brad. Tu penses que c'est lui, n'est-ce pas ?

— Tu as entendu ? demanda brusquement Stella. Qu'est-ce que c'est ?

— Des sirènes de police. À deux ou trois pâtés de maisons.

— Cindy, ce n'est pas prudent de rester seule ici. D'autant qu'il commence à faire noir. Laisse un mot à tes parents et viens chez moi. J'ai un baby-sitting à sept heures, mais mes parents seront ravis que tu passes la soirée avec eux.

Cindy secoua la tête.

— Merci, mais je préfère rester. J'ai eu peur sur le moment, mais ça va mieux maintenant.

Stella semblait épouvantée.

— Et s'il revenait !

— Ne t'en fais pas pour moi. On va vérifier toutes les fenêtres, et je fermerai la porte à clé après ton départ. Il n'y a aucun moyen que quelqu'un entre ici.

Maintenant que Stella l'avait rejointe, sa peur s'était totalement envolée.

— Comme tu veux... fit son amie sans conviction. Oh ! Vite, passe-moi la télécommande de la télé ! ajouta-t-elle soudain d'un ton excité.

Cindy s'exécuta. L'instant d'après, elle entendit un journaliste déclarer :

— Flash d'informations spécial. Nous venons d'apprendre qu'une attaque à main armée a eu lieu à la pharmacie de Highland Street, il y a quelques minutes...

— C'est à deux pâtés de maisons d'ici ! s'écria Stella.

— Selon les premiers indices, le coupable serait le même homme que celui qui a attaqué la pizzeria de College Street, hier après-midi. La police suspecte un ancien élève du lycée de Shadyside dénommé Brad Jones...

20

— Non, murmura Cindy. C'est impossible…

— C'est Brad ! s'écria Stella. Ils montrent la photo de Brad à l'écran !

Cindy se redressa pour écouter la suite.

— Après vérification, la police s'est aperçue que l'adresse fournie par Brad Jones au secrétariat de son lycée était fausse, poursuivait le journaliste. Un mandat de recherche a été lancé à travers le pays. Tous les citoyens sont invités à appeler le numéro spécial affiché au bas de l'écran, s'ils ont des informations à communiquer sur le suspect. N'oubliez pas que l'homme est armé, et probablement dangereux. Nous répétons…

Cindy saisit la télécommande sur la table basse et coupa la télévision.

— C'est impossible, répéta-t-elle.

— Cette fois, il n'y a plus de doute, protesta Stella. Il s'agit bien de Brad. Il est poursuivi pour deux vols à main armée.

— Je ne peux pas le croire…

— Je sais, Cindy, mais tu dois te rendre à l'évidence. C'est un voleur. Et il a tiré sur Jonathan. Il ne nous reste plus qu'à espérer que la police l'arrêtera avant qu'il ne blesse quelqu'un d'autre.

Émue par l'air abattu de son amie, Stella s'approcha et glissa un bras autour de ses épaules.

— Après ce qui vient de se passer, il vaut mieux que tu ne restes pas seule, insista-t-elle doucement. Viens chez moi.

Cindy secoua la tête.

— Je ne veux pas partir d'ici. Imagine que Brad téléphone...

— Pourquoi veux-tu qu'il téléphone ? ricana Stella. S'il avait voulu te parler, il l'aurait fait pendant qu'il était dans ton jardin.

— Ce n'était pas Brad, affirma Cindy. De toute façon ça ne change rien, je ne veux pas partir.

— O.K., reste ici, soupira Stella, vaincue. Tu m'autorises quand même à t'appeler dans la soirée ?

— Bien sûr. Et merci d'être venue. Ta visite m'a fait beaucoup de bien.

Son amie partie, Cindy verrouilla la porte à double tour, replaça la chaîne de sécurité, et fit une fois encore le tour des fenêtres pour vérifier qu'elles étaient toutes fermées.

Puis elle regagna le salon, où elle ralluma la télévision. Au flash d'informations avait succédé un talk-show. Les invités racontaient comment ils étaient sortis avec la femme de leur meilleur ami...

Écœurée, Cindy éteignit et se mit à faire les cent pas dans la pièce. Finalement, elle décida de s'installer au piano. Depuis son enfance, le piano représentait son meilleur calmant. Avec un peu de chance, ça marcherait encore aujourd'hui...

Elle fit quelques gammes pour se dérouiller les doigts, puis attaqua le morceau de son audition. Quelques minutes plus tard, elle se détendait déjà, oubliant ses soucis dans la musique.

Elle répétait la sonate pour la troisième fois quand la sonnerie du téléphone l'interrompit.

« Sans doute Stella qui vérifie si je vais bien », se dit-elle en décrochant.

— Allô ?

— Cindy ? C'est... moi.

Il fallut quelques secondes à Cindy pour reconnaître Brad, tant sa voix était faible et enrouée. On aurait cru qu'il appelait de très loin.

— Brad ! s'écria-t-elle.

— Tu as l'air surprise de m'entendre...

— Euh... un peu, reconnut-elle. Mais je suis surtout soulagée. Où es-tu ?

— Peu importe. J'appelais parce que je voulais... m'excuser.

Il parlait si doucement que Cindy devait tendre l'oreille pour l'entendre.

— T'excuser ? répéta-t-elle, surprise. De quoi ?... Que se passe-t-il, Brad ? Tu as l'air exténué.

— Maintenant que je peux te parler, je me sens mieux, répondit-il.

Mais sa voix était toujours aussi faible. Cindy attendit un moment, puis, comme il n'ajoutait rien, elle reprit :

— Tu disais que tu voulais t'excuser...

— Oui. J'aurais dû te dire la vérité plus tôt.

— La vérité ? Quelle vérité ?

— À propos de mon frère.

— Parce que tu as un frère ?

— Un frère jumeau, déclara Brad. Un vrai.

— Tu veux dire... commença Cindy qui réfléchissait à toute allure.

— Que nous nous ressemblons trait pour trait, c'est ça, acheva le garçon. Personne n'est capable de nous différencier.

Cindy commençait à comprendre.

— Il s'appelle Ed, poursuivit Brad d'une voix à peine audible. Il a de gros problèmes psychologiques. Il a toujours été jaloux de moi et désire systématiquement tout ce que j'ai.

— Oh non !

— Je sais que j'aurais dû te l'avouer plus tôt, mais je n'en avais pas le courage.

— Pourquoi ? s'étonna Cindy. J'aurais compris.

— Je sais, mais c'est autre chose... En fait, je n'avais pas envie qu'Ed reprenne une place dans ma vie. En déménageant à Shadyside, je croyais m'être enfin débarrassé de lui. Il m'a causé tellement de problèmes à Springfield !

Cindy se souvint des coupures de journaux trouvées dans le casier du conservatoire.

— Pauvre Brad ! s'exclama-t-elle. C'est affreux !

— Ici, je pensais commencer une nouvelle vie. Je me suis même fabriqué un faux livret scolaire, pour pouvoir continuer mes études. Malheureusement, il m'a retrouvé… Je n'ai aucun moyen d'échapper à Ed. Aucun.

— Comment a-t-il fait ? demanda Cindy.

— Je n'en ai aucune idée, mais il est arrivé presque en même temps que moi. Surtout… il t'a vue le premier et…

Brad eut une hésitation avant de lâcher :

— Il a décidé que tu deviendrais sa petite amie.

— Mais je ne le connais même pas !

— Ed ne s'arrête pas à ce genre de choses. À partir du moment où il le voulait, tu étais à lui. C'est pourquoi il n'a pas supporté de nous voir ensemble. Il m'a dit qu'il ne me laisserait jamais sortir avec toi. Qu'il préférerait te tuer.

— C'est incroyable !

— Alors, j'ai compris que je devais tout arrêter. J'espérais ainsi te protéger… Mais il était déjà trop tard. Ed est complètement obsédé. Il ne te pardonne pas de m'avoir préféré à lui.

Cindy secoua la tête, incrédule.

— Tu veux dire qu'à chaque fois que je te trouvais bizarre…

— C'était Ed, acheva-t-il. Il m'a dit qu'il t'avait téléphoné. Qu'il t'avait suivie aussi. Et épiée… Je suis désolé, Cindy.

— Les attaques à main armée, c'est lui, n'est-ce pas ?

— Oui, acquiesça Brad. Dès que j'en ai entendu parler, j'ai compris que ça allait me retomber dessus. Ed s'est toujours débrouillé pour me faire accuser à sa place. Mais, cette fois, je n'ai pas voulu m'enfuir. Je l'ai retrouvé et nous nous sommes battus.

— Où est-il maintenant ?

— Je n'en sais rien. Il m'a blessé. Je...

— Blessé ! répéta Cindy, affolée. Il te faut un médecin ? Écoute, j'appelle la police et...

Brad l'arrêta d'un cri rauque.

— Non ! Si tu les préviens maintenant, ils refuseront de m'écouter et me jetteront en prison. Ce qu'il faut, c'est que je trouve un moyen d'arrêter Ed et que je leur livre. Alors seulement, ils me croiront.

— Mais il est dangereux. Tu...

— Je le connais, coupa Brad. Je sais comment le prendre... Mais j'ai besoin de toi, Cindy. Je n'y arriverai pas seul... Tu veux bien m'aider ?

Cindy ne répondit pas tout de suite. Son sang battait violemment à ses tempes.

— D'accord, murmura-t-elle finalement.

— Je savais que je pouvais compter sur toi.

— Brad ! Je t'entends à peine.

— Je me sens de plus en plus fatigué, murmura-t-il. Tellement fatigué Viens, je t'en prie... dans la maison de Fear Street.

— Brad, je...

— S'il te plaît. Je t'attends, Cindy. Je...

Brad n'acheva pas sa phrase. Il y eut un déclic, puis la sonnerie indiquant qu'on avait raccroché.

21

— Brad ! appela Cindy.

Mais il n'y avait plus personne au bout du fil.

Elle raccrocha à son tour, troublée. Ainsi, elle avait eu raison depuis le départ : Brad n'était ni un voleur ni un assassin.

Elle frémit en songeant à toutes ces fois où elle l'avait trouvé bizarre... Ce n'était pas Brad qui se trouvait face à elle à ces moments-là, mais Ed, son frère jumeau. Ed qui avait décidé qu'elle serait sa petite amie. Ed qui n'avait pas hésité à la pousser sous une voiture parce qu'il était jaloux !

Elle se souvint de la manière dont il s'était reculé ce jour-là, lorsqu'elle avait voulu toucher son visage. Il avait eu peur qu'elle s'aperçoive qu'il n'était pas Brad. Ce qu'elle n'aurait pas manqué de faire, en constatant qu'il n'avait pas de cicatrice sous l'œil.

Mais assez réfléchi ! Ce n'était pas le moment de se faire peur à retardement. Brad était blessé, elle devait lui porter secours.

L'idée de demander à quelqu'un de la conduire jusqu'à Fear Street lui traversa l'esprit, mais elle la rejeta rapidement en songeant qu'elle ne pouvait faire confiance à personne. Elle irait seule par le bus. Il ne restait plus qu'à espérer qu'elle arriverait à temps. Brad semblait si affaibli au téléphone qu'elle avait à peine reconnu sa voix.

— Fear Street ! annonça le chauffeur du bus.

Cindy descendit du marchepied et tapota le sol de sa canne blanche. Elle avança très prudemment sur le trottoir truffé de nids-de-poule, consciente que si elle tombait, personne ne viendrait à son secours.

Le lourd silence de la rue lui donnait la chair de poule. On racontait tellement d'histoires horribles sur Fear Street ! La rue de la Peur... Il y avait pourtant des gens qui vivaient là. Alors, pourquoi n'entendait-elle pas un bruit, pas une voix ?

Comme pour répondre à ses souhaits, quelqu'un toussa dans son dos. Son sang se glaça dans ses veines. S'agissait-il d'un habitant de la rue, ou était-elle suivie ?

Si Ed n'avait pas hésité à pénétrer dans son jardin pour l'épier et l'effrayer – car elle était sûre qu'il s'agissait de lui –, il était tout à fait capable de la suivre maintenant.

Refusant de céder à la panique, elle continua son chemin, l'oreille aux aguets. Mais le silence était retombé. Elle ne perçut ni bruit de pas, ni respiration... « Quelle idiote tu fais, se gronda-t-elle. Tu t'inquiètes parce qu'il n'y a pas de bruit et, quand tu entends enfin quelque chose, tu te plains encore... »

Elle se demanda à quelle hauteur de la rue elle se trouvait. Brad avait dit que Fear Street débouchait directement sur le cimetière. Est-ce qu'elle l'avait atteint sans s'en rendre compte ? La gorge sèche, elle s'arrêta pour inspecter la chaussée autour d'elle. Cette partie de bitume totalement défoncée n'était-elle pas située à côté de la maison ? Si sa mémoire était bonne, elle avait fait dix-sept pas avant d'atteindre le jardin à partir de là. Un, deux... douze... seize, dix-sept ! Elle battit l'air devant elle de sa canne... et poussa un soupir de soulagement en sentant la barrière de bois.

« Encore vingt-cinq pas jusqu'au porche », se dit-elle en traversant l'étendue d'herbe sèche qui lui piquait les chevilles.

Sa canne lui indiqua qu'elle était arrivée à destination. Elle s'arrêta un instant. Aucun son ne s'échappait de la maison. Le voisinage semblait désert.

En tâtonnant devant elle, elle s'aperçut que la porte était entrebâillée. Elle la poussa et pénétra à l'intérieur, les sens en alerte.

— Brad ?... Brad, je suis là !

Sa voix résonna dans la maison vide.

— Brad, c'est Cindy... Où es-tu ?

Aucune réponse.

Il avait dû s'évanouir. Il semblait tellement faible au téléphone !

Cindy fouilla dans sa mémoire. Si ses souvenirs étaient exacts, l'escalier se trouvait au fond de l'entrée. Elle s'orienta dans cette direction.

Dehors, un volet claquait au vent. Un courant d'air lui indiqua qu'une fenêtre était ouverte. Ou une vitre cassée.

— Brad ! appela-t-elle de nouveau. Brad, s'il te plaît, réponds-moi.

Un gémissement lui parvint. Puis un autre... Au troisième, Cindy s'aperçut qu'elle s'était trompée : il ne s'agissait pas de gémissements. C'était les gonds rouillés du volet qui grinçaient dans le vent.

— Brad !

Sa canne rencontra un obstacle sur le sol. Une marche ! Elle avait atteint l'escalier. Elle mit une main sur la rampe et attendit quelques secondes, à l'écoute des bruits de la maison. Aucun son ne lui parvint, hormis les craquements sinistres du plancher et les grincements du volet. Peut-être qu'Ed était revenu et avait trouvé Brad inconscient. Peut-être que...

« Arrête ! s'exhorta-t-elle. Brad a besoin de quelqu'un pour l'aider, pas d'une froussarde qui se fait un film dans sa tête. »

Ce qui n'empêcha pas sa voix de s'envoler dans les aigus quand elle cria de nouveau :

— Brad !... Brad, où es-tu ? Réponds-moi !

Elle tressaillit. Était-ce encore ce maudit volet ou... ? Non, cette fois, il n'y avait pas de doute, elle entendait bien des gémissements. Une plainte très faible en provenance de l'étage.

— Brad ! C'est moi, Cindy !

— … en haut, répondit une voix presque inaudible. Aide-moi.

— J'arrive !

Se souvenant des commentaires de Jonathan, Cindy agrippa la rampe branlante d'une main avant de se lancer dans l'escalier. Elle monta lentement, s'assurant de l'état de chaque marche avec sa canne. Plusieurs étaient complètement effondrées, l'obligeant à en gravir deux, parfois même trois à la fois.

Finalement, au bout d'un temps qui lui parut interminable, elle atteignit le premier étage. Une forte odeur de moisi lui fit froncer le nez.

— Brad ?

— Je suis là, gémit le garçon.

Elle suivit sa voix, qui la conduisit au bout du couloir.

— Ici, déclara-t-il d'une voix étouffée.

Comprenant qu'une porte les séparait, elle tâtonna devant elle jusqu'à ce qu'elle trouve la poignée.

— Cindy ! soupira son compagnon dès qu'il l'aperçut. J'ai cru que tu n'arriverais jamais !

Sa voix était si voilée qu'elle comprenait à peine ses paroles.

— Brad, tu es blessé. Il faut appeler un médecin.

Tapotant le plancher irrégulier de sa canne, elle s'approcha.

— Non ! l'arrêta-t-il. Pas maintenant. Il y a plus urgent…

— Rien ne peut être plus urgent que de te soigner, coupa-t-elle. Où es-tu blessé ? Tu as un téléphone portable ?

— Cindy, je ne veux pas de médecin, insista Brad d'un ton soudain plus ferme. Nous devrons nous débrouiller nous-mêmes.

— Nous-mêmes ? répéta Cindy, incrédule. Mais comment ? Je ne suis pas infirmière, moi. Montre-moi ta blessure.

— On verra ça plus tard. Avant tout, il faut se préparer pour le retour de mon frère. Il a caché l'argent de ses vols dans la maison, et doit venir le rechercher d'un moment à l'autre.

— Comment le sais-tu ?

— Il me l'a dit quand nous nous sommes battus tout à l'heure.

— Oh non ! soupira Cindy. Il est parti depuis longtemps ?

— Environ une heure. Il ne devrait plus tarder. Il faut que tu m'aides à le piéger, Cindy.

— Tu es fou ? protesta la jeune fille. Ce qu'il faut, c'est filer d'ici au plus vite. Tu peux marcher ?

— Je ne crois pas. En tout cas, pas assez rapidement pour lui échapper. On n'a plus le choix, il va falloir l'affronter ici.

— Appelons la police ! insista Cindy. Tu leur raconteras la vérité. Eux sauront comment faire.

— Je ne peux pas prendre ce risque. Je connais Ed, il trouvera un moyen de les persuader que c'est moi le coupable. Nous devons l'arrêter nous-mêmes. Ensuite, quand nous aurons toutes les preuves, nous le livrerons à la police.

Cindy secoua la tête d'un air sceptique.

— Écoute, je comprends ce que tu ressens, mais...

— Non ! coupa son compagnon avec colère. Tu ne peux pas comprendre ! Tu ne peux pas savoir ce que c'est de supporter quelqu'un de jaloux qui suit chacun de tes pas. Quelqu'un prêt à tout pour ruiner ta vie... Je n'en peux plus, Cindy. Il faut que je l'arrête... Tu es toujours d'accord pour m'aider ?

Cindy eut une légère hésitation.

— Oui, mais...

— Alors, dès qu'il entrera dans la maison, appelle-le et demande-lui de te rejoindre à l'étage. Appelle-le Brad, pour qu'il ne se doute de rien. Il est fou de toi. Quand il entendra ta voix, je suis sûr qu'il se précipitera sans réfléchir. Au moment où il franchira la porte, je me jetterai sur lui.

Elle eut une moue dubitative.

— Tu crois vraiment que c'est une bonne idée ? Ta blessure...

— Ce n'est pas si grave, déclara Brad. Je me sens déjà mieux.

— Mais...

— Chut !

Quelqu'un venait d'ouvrir la porte d'entrée. Cindy entendit des pas au rez-de-chaussée.

— À toi de jouer ! murmura son compagnon.

22

Cindy entendit Brad traverser la pièce et se cacher derrière la porte.

— Vas-y, appelle-le, l'exhorta-t-il. Surtout, laisse-le venir vers toi, que je l'attaque par-derrière.

— Mais...

— Vite !

Prenant une profonde inspiration, Cindy appela, d'une voix étranglée par l'émotion :

— Brad !

— Cindy ?

— Oui, c'est moi... Je suis à l'étage !

— Cindy ? Mais... qu'est-ce que tu fais là ?

Elle l'entendit foncer vers l'escalier et monter les marches quatre à quatre. Les jambes en coton, elle dut s'appuyer au mur pour ne pas tomber. Elle tremblait de peur. Si leur plan échouait, Ed deviendrait fou furieux en comprenant qu'ils avaient essayé de le piéger. Alors, Dieu seul savait ce qu'il serait capable de faire...

— Cindy ? appela Ed depuis le couloir.

— Je suis là, indiqua-t-elle. Dépêche-toi !

Elle entendit la porte s'ouvrir brusquement. L'instant d'après, un coup sec retentit, suivi du bruit d'un corps s'effondrant sur le parquet. Ed était hors d'état de nuire.

— Je l'ai eu ! confirma Brad de sa voix rocailleuse. Bravo, Cindy. Tu as été géniale ! Maintenant, il ne reste plus qu'à l'attacher.

— Il est blessé ?

— Assez pour être K.-O. un moment, en tout cas.

Sur le sol, Ed poussa un gémissement de douleur. Une bouffée de culpabilité submergea Cindy. Bien sûr, Ed ne leur avait pas laissé le choix, mais elle aurait tellement voulu ne pas lui faire de mal !

Elle était toujours adossée au mur du fond, quand Brad la prit par le bras pour la conduire vers son frère.

— Prends ça, dit-il en lui mettant une corde dans la main. Je préfère que ce soit toi qui l'attaches. Comme ça, je pourrai intervenir s'il se réveille... Ça va aller ?

— Je crois, acquiesça Cindy.

Mais son ton manquait de conviction.

Elle s'agenouilla près de Ed, qui semblait avoir du mal à reprendre sa respiration. Son souffle était rauque, caverneux, comme s'il avait reçu un coup sur la gorge. Inquiète, elle tendit une main vers son visage pour évaluer ses blessures.

— Dépêche-toi ! gronda Brad. N'oublie pas qu'il est dangereux. Il faut l'attacher avant qu'il ne revienne à lui.

Cindy faillit protester, puis se ravisa. Brad avait raison : Ed avait prouvé qu'il était prêt à tout, y compris au meurtre, pour arriver à ses fins. Mieux valait ne pas prendre de risque.

Un frémissement la parcourut pourtant lorsqu'elle prit ses mains dans les siennes, pour les attacher. Elles ressemblaient tellement à celles de Brad !

— Vite ! la pressa celui-ci.

Obéissante, Cindy enroula la corde autour des poignets de Ed.

— Parfait ! commenta Brad. Maintenant, serre fort.

Malgré ses doigts tremblants, elle noua fermement la corde.

— Maintenant, les pieds, ordonna son compagnon.

Cindy s'arrêta en entendant Ed pousser un nouveau gémissement.

— Dépêche-toi ! s'énerva Brad, agacé par ses hésitations. C'est bon, reprit-il quand elle eut terminé. Avec un nœud pareil, il ne risque pas de se libérer. Je vais quand même l'attacher au radiateur, pour plus de sécurité...

Au frôlement sourd qui suivit, Cindy comprit que Brad traînait son frère vers le fond de la pièce. Elle serra les dents en entendant Ed geindre faiblement, chaque fois que sa tête rebondissait sur le plancher.

Soudain, une exclamation effrayée lui indiqua qu'il venait de reprendre connaissance.

— Toi ! s'écria-t-il. Oh non !

Cindy tressaillit sous le choc. C'était incroyable ! Enrouées par la douleur et la fatigue, les voix des deux frères se ressemblaient à s'y méprendre !

— Eh oui, répondit Brad. C'est moi. Et je ne suis pas seul. Regarde qui me tient compagnie…

— Cindy ! s'étrangla Ed. Mais que… Qu'est-ce que tu fais avec lui ?

— Je lui ai tout raconté, déclara Brad.

— Tout ?

— Nous, notre passé… Elle sait tout.

— Que tu es l'auteur des vols ? Que c'est toi qui as tiré sur son ami ?

— Tout, je te dis, répondit Brad d'un ton satisfait. Et, tu vois, elle a accepté de m'aider.

— Non ! s'écria Ed. Cindy, il t'a menti…

— La ferme !

— Écoute, Cindy, supplia Ed d'une voix déchirante. Il t'a trompée. Je *suis* Brad ! Lui, c'est Ed !

23

Je suis Brad ! Lui, c'est Ed !...

Une sueur glacée coula dans le dos de Cindy. « Non, c'est impossible ! » se dit-elle, affolée.

— Cindy, écoute-moi ! poursuivit le garçon allongé au sol. Il te ment depuis le départ. Brad, c'est moi.

Son frère, debout, ricana.

— Ne l'écoute pas, Cindy. Je t'ai dit qu'il était complètement fou. Maintenant, il essaie de te faire croire qu'il est moi.

Les jambes flageolantes, elle recula à l'autre bout de la pièce pour s'adosser au mur.

Le garçon sur le sol, celui qu'elle avait ligoté, parlait comme Brad.

L'autre aussi...

Avec leurs voix cassées, elle était incapable de les différencier.

— Ne l'écoute pas, reprit celui qui était debout. Il est dangereux. Il s'en est toujours sorti grâce au mensonge.

— C'est exact ! s'écria son frère. Et c'est ce qu'il fait en ce moment. Il essaie de te tromper !

— Ed est un monstre. Un monstre effrayant ! La jalousie le rend fou. Il n'hésitera pas à te tuer, parce qu'il sait que c'est moi que tu préfères.

Cindy se sentait complètement perdue. Lequel des deux était vraiment Brad ? Si elle ne le trouvait pas rapidement, Ed risquait de la tuer. Et de tuer Brad ensuite.

— Écoute, Cindy, insista le garçon debout.

— Non ! Ne l'écoute pas ! cria l'autre. Fais-moi confiance.

— Je suis Brad !

— Non ! *Je* suis Brad.

Lequel devait-elle croire ?

Refusant de céder à la panique, Cindy prit une profonde inspiration et réfléchit. Il y avait maintenant près d'une demi-heure qu'elle était avec le garçon debout, et rien ne l'avait choquée dans son comportement. S'il s'était agi de Ed, elle aurait certainement noté quelque chose de bizarre. Non, Ed devait être l'autre. Celui qu'elle avait ligoté.

Mais comment en être certaine... ?

Soudain, la solution s'imposa à elle. La cicatrice ! La petite cicatrice sous l'œil que Brad s'était faite enfant : Ed ne pouvait avoir la même.

— Laisse-moi toucher ton visage, dit-elle au garçon debout devant elle. Comme ça, je saurai.

— Vas-y, l'invita celui-ci.

— Cindy, non ! cria l'autre. Ne t'approche pas de lui. Il va te faire du mal !

La jeune fille eut un instant d'hésitation. Ils semblaient tous les deux tellement sincères !

Mais elle n'avait pas le choix. Il fallait qu'elle sache. Le cœur battant à tout rompre dans sa poitrine, elle avança vers celui qu'elle pensait être Brad.

— Non ! hurla son frère au sol. Cindy, tu commets une terrible erreur…

Sans l'écouter, elle tendit la main vers le visage devant elle et le caressa du bout des doigts.

Maintenant, elle savait.

24

Pas de cicatrice. La peau sous l'œil était parfaitement lisse.

— Oh non ! gémit Cindy.

Elle avait aidé Ed à piéger Brad ! Elle avait ligoté Brad !

Elle fit volte-face pour s'enfuir, mais Ed la retint en glissant rapidement un bras autour de sa gorge.

— Oh, Cindy ! se lamenta Brad sur le sol. Pourquoi tu ne m'as pas cru ?

— Tu as confondu ma voix avec la sienne, hein ? ricana Ed, sa bouche collée à l'oreille de Cindy. C'est tellement facile pour moi de lui ressembler ! Je peux imiter sa voix, ses gestes… Je peux *être* lui.

Cindy dut faire appel à toute sa volonté pour garder son sang-froid. Surtout, ne pas céder à la panique ! Elle avait besoin de toute sa lucidité pour échapper aux griffes de ce fou, avant qu'il ne soit trop tard.

— À chaque fois que tu étais avec moi, tu te croyais près de lui, poursuivit Ed avec un ricanement sarcastique. C'est tellement simple de te tromper, Cindy. Tu fais si facilement confiance !

— C'est toi qui as essayé de me faire tomber de ma fenêtre, l'autre soir, articula-t-elle malgré le bras qui lui comprimait la gorge.

Chaque parole lui faisait mal, mais elle devait essayer de gagner du temps, d'occuper Ed jusqu'à ce qu'elle trouve une solution.

— Exact, reconnut-il. Tu as trouvé mon petit cadeau ?

— La chevalière ?

— Ouais. Je l'avais volée à Brad exprès pour te la donner.

— Je suppose que c'est encore toi qui m'as poussée sous une voiture, la semaine dernière ?

— Mes compliments ! Tu comprends vite, se moqua Ed. Je suis également celui qui a écrit sur le mur de ta chambre ; celui qui a tout transformé dans ton jardin pour que tu te perdes… Ma pauvre Cindy ! Tout est tellement facile avec une aveugle ! Presque trop. Pour un peu, ça ne serait même plus drôle.

— Pourquoi tu t'es attaqué à elle ? intervint Brad. Cindy ne t'avait fait aucun mal.

— Elle n'avait d'yeux que pour toi, répliqua son frère, furieux. Comme tout le monde ! Car tout le monde ne voit que toi, évidemment. Tu es tellement *parfait* ! Mais c'est fini, petit frère. À partir de maintenant, les gens vont se rendre compte que j'existe, moi aussi.

— Oh, Brad, si j'avais su ! marmonna Cindy. Je suis désolée…

Maintenant que Ed la tenait contre lui, elle reconnaissait le parfum de citronnelle qu'elle avait senti dans la pizzeria. Mais il était trop tard...

Sans la lâcher, Ed se pencha en avant. Elle l'entendit ramasser quelque chose sur le plancher.

À peine redressé, il lui saisit les poignets.

Cindy sentit la panique la submerger. Si elle ne réagissait pas immédiatement, elle était fichue. Comment pourrait-elle s'échapper avec les mains liées ?

— Arrête de bouger ! hurla Ed dès qu'il la sentit se débattre.

L'instant d'après, il lui donnait une gifle qui lui coupa le souffle.

— Tu n'as pas le droit ! gronda Brad.

Son frère ne prit même pas la peine de lui répondre. D'un geste brutal, il força Cindy à s'agenouiller et lui planta son genou dans le dos.

— Arrête ! Tu me fais mal ! cria la jeune fille.

— Oh ! Quel dommage ! se moqua-t-il. Mais ne t'inquiète pas, ma belle. Tu ne souffriras plus longtemps. Notre petit jeu arrive à sa fin...

— Relâche-la ! ordonna Brad. C'est entre toi et moi.

— Plus maintenant, répliqua son frère en liant les poignets de Cindy.

Il serra la corde à lui mordre la chair.

— Ed, je t'en supplie, insista Brad. Laisse-la partir...

— Impossible. Elle en sait trop. Et, puisqu'elle ne peut pas être à moi, elle ne sera à personne.

Lorsqu'il lui attacha les chevilles, Cindy comprit qu'elle n'avait plus aucune chance de lui échapper. Désormais, elle était à sa merci.

— Elle ne savait même pas que tu existais, insista Brad. Elle pensait que j'étais le seul.

— Comme toujours, rétorqua Ed d'un ton glacial. Tout le monde croit que tu es le seul... Brad le seul, le vrai, l'unique ! Mais c'est fini tout ça. Bientôt, il n'y aura plus que Ed.

— Écoute, Ed, je sais ce que tu ressens. Je comprends que tu veuilles te venger de moi. Mais sois raisonnable, laisse Cindy en dehors de ça. Elle n'y est pour rien. Tout ce qu'elle a fait de mal, c'est de devenir mon amie.

— Et c'est bien pour ça qu'elle va mourir, répondit Ed avec un calme effrayant.

— Si tu fais ça, ils te retrouveront. Cette fois, tu ne t'en sortiras pas.

Ed eut un ricanement.

— C'est ce que tu crois. Mais quand ils trouveront vos cadavres, je serai loin.

— Mais... vos parents ? intervint Cindy. Ils savent bien la vérité, eux.

— Notre père est mort quand nous étions petits, expliqua Brad. Notre mère nous a élevés du mieux qu'elle a pu, mais elle était très malade. Elle est morte l'été dernier. Après avoir été arrêté pour les vols de Ed, je me suis enfui en pensant commencer une nouvelle vie à Shadyside.

— Ça a presque marché, hein ? lança Ed, sarcastique. Sauf que je t'ai retrouvé. Et maintenant, je ne risque plus rien. Car personne à Shadyside ne connaît l'existence de Ed Jones.

— Tu ne peux pas faire ça, Ed ! s'exclama Cindy. Je t'en prie, laisse-nous partir. On ne dira rien…

— Trop tard.

La jeune fille l'entendit traverser la pièce. Il y eut un déclic métallique.

— Non ! s'écria Brad. Ed, tu ne…

Un sifflement strident couvrit la fin de sa phrase. Une odeur de gaz envahit la pièce.

— Referme ce robinet ! ordonna Brad.

— Comme ça ? répliqua Ed d'un ton faussement innocent.

Cindy entendit de nouveau un déclic, suivi d'un claquement sec.

— Oh ! s'écria Ed. Je l'ai cassé. C'est bête, on ne peut plus le fermer maintenant.

L'odeur devenait suffocante.

— Bon, les amis, je vais aller récupérer mon argent. Je vous dis au revoir tout de suite, car j'ai bien peur que vous ne soyez évanouis lorsque je reviendrai. Il faudra que je te détache, Brad, pour que tout le monde croie que tu as kidnappé Cindy avant de la tuer et de te suicider.

Sur ces paroles, il sortit de la pièce. Cindy écouta le bruit de ses pas décroître dans le couloir. Elle sentait l'odeur du gaz s'insinuer dans son nez, dans sa bouche, au fond de sa gorge… Bientôt, elle perdrait connaissance et mourrait.

À moins que…

— Ed ! Attends ! hurla-t-elle, rassemblant ses dernières forces.

Les pas s'arrêtèrent, revinrent en arrière.

— Qu'est-ce qu'il y a ?

Cindy se mordit la lèvre.

— Ne m'abandonne pas, supplia-t-elle. Emmène-moi avec toi.

25

— Quoi ? s'exclama Ed. Qu'est-ce que tu dis ?

— Emmène-moi avec toi, répéta Cindy. Ne me laisse pas…

Il y eut un silence, puis le rire de Ed s'éleva dans le couloir.

— Pourquoi je t'emmènerais ? fit-il. Tu es amoureuse de Brad, non ? Alors, reste avec lui !

— Ce n'est pas vrai ! protesta Cindy. C'est toi que j'aime, Ed.

— Tu mens !

— Non, je ne mens pas !

Sa voix tremblait, elle s'efforça de se calmer avant d'ajouter d'un ton contrit :

— Je suis désolée, Brad, mais c'est vrai…

— Je ne te crois pas ! aboya Ed derrière la porte. Tu mens pour sauver ta peau et celle de Brad.

— Tu dois me faire confiance, sanglota Cindy. J'ignorais la vérité jusqu'à ce soir. Je pensais qu'il n'y avait que Brad. Je n'avais aucun moyen de savoir que vous étiez deux.

— Quelle importance, puisque tu avais choisi Brad ? rétorqua Ed.

— Mais c'est lorsque j'étais avec toi que je me sentais vraiment amoureuse. Il se dégage de toi quelque chose de plus dangereux. Une sensation qui me fait me sentir vivante... qui m'excite...

— Tu espères vraiment que je vais te croire ? grommela Ed, sceptique.

— C'est la vérité !

— C'est impossible ! intervint Brad d'un ton blessé. Tu mens. La peur te fait dire n'importe quoi.

Le cœur de Cindy se serra douloureusement.

— Non, Brad, répondit-elle pourtant. Je sais que tu pensais que j'étais amoureuse de toi. Mais c'est Ed que j'aimais à travers toi...

Dans le couloir, Ed ne disait plus rien.

— Ed, tu m'entends ? appela Cindy.

— Ouais, marmonna-t-il.

— Alors, mets-moi à l'épreuve. Dis-moi ce que je dois faire pour te convaincre.

— Je ne sais pas, fit-il, apparemment troublé.

— Je t'en prie, Ed, donne-moi au moins une chance ! Je sais que tu as beaucoup souffert dans ta vie. Je comprends combien tu as dû haïr tous ces gens qui ne voyaient que Brad. Mais je suis différente. Pour moi, tu es le premier. Laisse-moi te le prouver.

Silence.

— S'il te plaît, Ed, emmène-moi, supplia encore Cindy.

Elle retint sa respiration, dans l'attente d'une réponse.

— D'accord, murmura-t-il finalement. D'accord… je t'emmène.

Cindy poussa un soupir de soulagement. Elle avait gagné ! Elle avait réussi à le convaincre.

Elle entendit Ed revenir dans la pièce et marcher jusqu'à elle. Il s'agenouilla pour lui délier les pieds, puis l'aida à se lever.

— Je ne te détache pas les mains, car je n'ai pas encore tout à fait confiance, dit-il.

— Comme tu veux, répondit Cindy. Tu verras, je gagnerai ta confiance.

— Cindy, appela faiblement Brad sur le sol. Tu pars vraiment avec lui ?

Il semblait si désespéré qu'elle sentit son cœur se briser. Mais elle n'avait pas le choix. Convaincre Ed qu'elle l'aimait était sa seule chance de les sauver.

— Pardonne-moi, Brad, dit-elle. Mais c'est lui que j'aime.

— Viens ! la pressa Ed en la guidant par le bras.

Dans le couloir, elle l'entendit ouvrir une porte.

— C'est la chambre principale, annonça-t-il. Elle contient une cheminée. C'est là, derrière une brique descellée, que j'ai caché l'argent.

— Je peux t'aider ?

— Je vais te passer ma lampe torche. Tu m'éclaireras pendant que je prends l'argent.

Ed mit dans les mains de Cindy une lourde lampe qu'il pointa sur la cheminée.

— Comme ça, fit-il. Surtout, ne bouge pas…

L'instant d'après, elle l'entendit gratter la pierre de ses ongles.

— Tu l'as trouvé ? s'enquit-elle.

— Ouais. Éclaire un petit peu plus à droite maintenant. Il fait noir comme dans une tombe là-dedans.

Cindy écouta attentivement la voix de Ed, les grattements sur la pierre, s'aidant de ces bruits pour élaborer une image mentale de la pièce.

Puis elle jeta violemment la lampe torche contre la cheminée.

— Eh ! s'écria Ed, surpris par l'obscurité soudaine.

— Maintenant, nous sommes à égalité, déclara-t-elle.

26

— Dire que je t'ai crue ! s'exclama Ed.

Cindy l'entendit tâtonner sur le sol, à la recherche de la lampe. Des morceaux de métal roulèrent sur le parquet.

Comprenant que la lampe était brisée, il se redressa et tourna plusieurs fois sur lui-même pour s'orienter. Prudente, Cindy recula de quelques pas.

Dans le noir, elle avait l'avantage, évidemment. Mais elle ne se faisait pas d'illusion : bientôt, les yeux de Ed s'habitueraient à l'obscurité, et il la repérerait à nouveau. Elle devait agir vite.

— Où es-tu ? hurla-t-il.

Elle ne répondit pas.

— Je te jure que tu vas le regretter, marmonna-t-il entre ses dents.

Cindy savait qu'il ne plaisantait pas : si, par malheur, elle tombait entre ses mains, Ed lui ferait payer très cher sa trahison.

— Je t'aurai ! menaça-t-il encore.

S'aidant de son image mentale de la pièce, elle recula vers l'endroit où devait se trouver la porte.

— Tu ne m'échapperas pas, lança Ed.

Le plus silencieusement possible, Cindy se retourna et tendit les bras devant elle. La porte était bien là.

Sans réfléchir, elle se jeta en avant et sortit dans le couloir, où elle fut immédiatement assaillie par l'odeur de gaz.

Elle entendit les pas précipités de Ed dans son dos.

À l'origine, elle avait prévu de l'éloigner de Brad, puis de courir chez un voisin pour appeler la police. Mais le gaz, qui commençait à lui tourner la tête, la fit changer d'idée. Ce plan était beaucoup trop long : le temps que la police arrive, Brad serait mort.

Se guidant d'une main le long du mur, elle se dirigea vers le bout du couloir.

— Tu ne peux plus m'échapper ! cria Ed. Je suis juste derrière toi. Mes yeux s'habituent à l'obscurité, je distingue ta silhouette maintenant...

Cindy continua à avancer en silence. Mais elle sentait Ed derrière elle, il la suivait pas à pas.

— Tu n'as aucune chance, Cindy. Dans une seconde je vais te rattraper. Alors tu mourras avec Brad !

Elle pouvait sentir son souffle dans son dos. Affolée, elle fonça vers l'escalier. Mais, au moment où elle s'apprêtait à descendre, une main ferme la retint par le bras.

— C'est fini, déclara Ed, la voix tremblante de rage.

27

— Non ! hurla Cindy en se débattant.

— Salope ! Tu m'as trahi ! cria Ed. Tu as voulu me faire croire que tu m'aimais ! Maintenant je vais te tuer…

Entre ses mains, Cindy se sentait faible et sans défense. Ed était tellement fort ! Il avait raison : elle n'avait aucune chance de lui échapper.

Soudain la voix de Mme Tillotson, sa prof d'autodéfense, résonna dans sa tête. « Ne combats pas ton ennemi. Ne lui résiste pas, mais retourne sa force contre lui… »

Oui, c'était ça ! C'était le moment ou jamais d'appliquer ses leçons. Ne pas paniquer et attendre le bon moment…

— Viens, ordonna Ed en la secouant violemment. Il est temps de rejoindre ton fiancé dans la pièce d'à côté…

Cindy ne protesta pas, concentrée sur son image mentale des lieux. Elle se représenta le couloir, l'escalier, Ed juste devant elle.

La première marche devait se trouver à une vingtaine de centimètres sur la droite.

— Tu ne dis plus rien maintenant, hein ? ricana-t-il.

« Attends, s'exhorta Cindy. Attends qu'il bouge, et surprends-le ! »

— Comment as-tu pu croire une seconde que je te préférais à Brad ? lança-t-elle pour l'enrager un peu plus. Tu ne lui arrives même pas à la cheville. Brad est le garçon le plus merveilleux que j'aie rencontré. Et toi...

Avec un grognement furieux, il la tira vers lui.

« Maintenant ! » se dit-elle en se laissant tomber en avant. Quand elle s'écrasa contre son torse, Ed la repoussa avec un cri de surprise. Alors, elle lui saisit vivement le poignet et l'entraîna vers l'escalier délabré.

28

En un éclair, Cindy se représenta le long escalier. Elle lâcha rapidement le poignet de son adversaire et atterrit lourdement sur le parquet.

— Nooon ! hurla Ed.

Son corps heurta la vieille rampe, qui s'effondra d'un coup dans un énorme fracas.

Avec un long cri d'effroi, il s'envola dans les airs… avant de s'écraser quatre mètres plus bas, dans un choc qui fit trembler le plancher.

Un silence inquiétant succéda au vacarme.

Le cœur battant, Cindy se redressa et resta un instant en haut de l'escalier, les sens en alerte.

Pas de cri, pas de souffle, pas l'ombre d'une respiration… Ed était hors d'état de nuire !

Maintenant, plus de temps à perdre ! Elle devait détacher Brad avant qu'il ne sombre dans l'inconscience. Sinon, elle ne pourrait plus le sortir de là.

Elle se précipita dans la pièce où il était ligoté. L'air saturé de gaz lui sauta au visage dès qu'elle ouvrit la porte. Sa tête se mit à tourner.

— Brad ?... Brad ? appela-t-elle en se mettant à quatre pattes.

Près du sol, l'atmosphère était un peu moins irrespirable.

— Brad, tu m'entends ?

Un faible gémissement lui répondit.

— Brad ! s'exclama-t-elle en se ruant dans cette direction.

Au moins, il n'avait pas perdu connaissance !

— Il faut sortir d'ici, dit-elle en s'attaquant aux liens de ses chevilles. Je t'expliquerai ce qui s'est passé plus tard...

— J'ai cru que tu étais partie, articula-t-il difficilement.

Un bras autour de sa taille, Cindy l'aida à se lever et l'entraîna vers le couloir. Il s'effondra.

— Je ne peux pas, marmonna-t-il, la joue écrasée sur le plancher. Trop fatigué...

— Brad, debout ! l'exhorta Cindy en le forçant à se relever.

Elle avait l'impression que le sol se gondolait sous elle. S'ils ne sortaient pas de cette pièce, elle n'aurait bientôt plus la force de lutter.

— Viens, Brad. Je suis sûre que tu peux y arriver.

Brad pesant de tout son poids sur son épaule droite, elle atteignit enfin l'escalier.

— Il faut que tu m'aides maintenant, déclara-t-elle. Certaines marches sont effondrées. Regarde la première. Elle est en bon état ?

Aucune réponse. Elle sentit la tête de son compagnon tomber lourdement sur son épaule.

— Brad ! cria-t-elle en le secouant. Brad, j'ai besoin de toi !

— Oui ? répondit-il d'une voix engourdie.

— O.K., maintenant, regarde la première marche et dis-moi si on peut s'appuyer dessus.

— Euh... oui.

— Parfait.

Lentement, avec précaution, ils descendirent l'escalier. Au rez-de-chaussée, Cindy buta contre un obstacle.

Ed !

Elle s'agenouilla pour toucher son visage. Un filet de sang coulait de sa bouche.

— Sa tête est... à l'envers, expliqua Brad. Il s'est brisé la nuque... Il est mort.

— Oh non ! s'écria Cindy. Je ne voulais pas le tuer !

— Je sais. Mais tu nous as sauvé la vie, Cindy. Ne l'oublie pas.

L'air était plus respirable au rez-de-chaussée. Brad sentit ses forces revenir. D'un geste tendre, il entoura les épaules de sa compagne et la poussa vers l'entrée.

Une fois dehors, ils inspirèrent profondément, s'emplissant les poumons de l'air pur de la nuit.

Des sirènes ululaient dans le lointain.

— Vous n'êtes pas blessés ? demanda un homme dans le jardin. J'ai aperçu de la lumière dans la maison. Ça m'a paru bizarre et j'ai appelé la police.

Est-ce que ça va ?

— Oui, répondit Brad en pressant la main de Cindy. Tout va bien maintenant…

Se tournant vers sa compagne, il ajouta, un sourire dans la voix :

— J'ai l'impression de sortir des ténèbres, tout à coup.

Déjà parus dans la collection Peur Bleue

KATE DANIEL

Le cauchemar d'Alice - 5659/F

DIANE HOH

Voleuse de vie - 5549/F

CHRISTOPHER PIKE

Un squelette sous la mer - 4520/G
Diaboliquement vôtre - 4521/G
Week-end fatal - 4525/G
Scénario macabre - 4532/G
Dernier acte - 4620/G
La chaîne de la mort - 1 - 4644/E
La chaîne de la mort - 2 - 4723/E

NICHOLAS PYNE

Terror Academy :
1 - Court-jus - 5030/E
2 - Sous le choc - 5083/E
3 - Seize printemps - 5200/F
4 - Cours du soir - 5290/F
5 - Panique au collège - 5363/F
6 - Fou à lier - 5443/F

SINCLAIR SMITH

Le jour où je suis morte - 5479/F

R.L. STINE

Pari mortel - 4518/E
La chambre condamnée - 4519/E
La tombe sauvage - 4530/E
Coupés du monde - 4534/E
Halloween party - 4622/E
Dans la peau d'une autre - 4671/E
Malédictions :
1 - La trahison - 4768/E
2 - Le secret - 4833/E
3 - Le brasier - 4896/E
Le bal de la mort - 4900/E
Lettres anonymes - 4939/E
Piège infernal - 4988/E
Dans le silence de la nuit - 1 - 5004/E
Dans le silence de la nuit - 2 - 5046/E
Chambre noire - 5084/F
Tapi dans l'ombre - 5113/E
La confession - 5222/F
Les murs ont des oreilles - 5242/F
Par un soir de pleine lune - 5271/F
Mauvais farceur - 5316/F
Le baiser de la mort - 5344/F
Portrait d'outre-tombe - 5381/F
Tel est pris qui croyait prendre - 5433/F
Le garçon d'à côté - 5448/F
Rescapées - 5451/F
Le pendentif maléfique - 5478/F
Sous hypnose - 5517/F
Camping sauvage - 5518/F
La maison des murmures - 5548/F
Les araignées tueuses - 5574/F
Premier rendez-vous - 5575/F
Secrets interdits - 5650/F

5660

Composition Chesteroc International Graphics
Achevé d'imprimer en Europe (Allemagne)
par Elsnerdruck à Berlin le 24 juillet 2000
Loi n° 49-956 du 16 juillet 1949
sur les publications destinées à la jeunesse
Dépôt légal juillet 2000. ISBN 2-290-30416-6
Éditions J'ai lu
84, rue de Grenelle, 75007 Paris
Diffusion France et étranger : Flammarion